D0867673

Muérdele el corazón

Lydia Cacho

Muérdele el corazón

PLAZA JANÉS

Muérdele el corazón

Primera edición en Plaza y Janés, 2006
Primera reimpresión, 2006

D. R. 2006, Random House Mondadori, S. A. de C. V.
Av. Homero No. 544, Col. Chapultepec Morales,
Del. Miguel Hidalgo, C. P. 11570, México, D. F.

www.randomhousemondadori.com.mx

Comentarios sobre la edición y contenido de este libro a:
literaria@randomhousemondadori.com.mx

ISBN: 968-5963-81-9

Impreso en México/ *Printed in Mexico*

A Paulette, mi madre,

quien me enseñó que ser mujer

es un privilegio

No lo salves de la tristeza, Soledad,

no lo cures de la ternura que lo enferma.

Dale dolor, apriétalo en tus manos,

muérdele el corazón hasta que aprenda.

No lo consueles, déjalo tirado

sobre su lecho como un haz de yerba.

JAIME SABINES

Es la primera vez que escribo sobre mí misma. Desde niña quise hacerlo y nunca fui constante, por esa razón mi madre decidió que sería un gasto inútil comprarme un buen cuaderno para narrar los pequeños acontecimientos de mi infancia.

No sé por dónde comenzar.

Hoy es veintiséis de marzo, corren los primeros días de primavera. Tal vez ésta sea una buena manera de dar inicio:

Se respira un aroma de estreno en Cancún; el mar está más azul, las golondrinas cobijan toda la urbe a la caída del atardecer, oscureciendo la ciudad por un momento, supliendo la luz solar con su ininterrumpido himno de viajeras. Las parejas se hacen arrumacos en la playa de Puerto Juárez, a la vuelta de la casa, de mi hogar.

Es tarde. Escribo para no irme a la cama. Desde hace unos días le temo a la noche, tengo miedo de las ideas que corren por mi mente, no sé controlarlas y por eso les huyo, invocando al insomnio como el marinero que busca el viento para hinchar sus velas, para no encallar.

Hace apenas tres días me entregaron los resultados de mis análisis. Tres días en los que me parece estar viviendo la existencia de otra mujer mexicana, con dos hijos, un marido y una modesta casa a medio pagar en el último paraíso de México.

Las palabras semejan murciélagos frente a un rayo de luz intempestivo. Mi mente es la cueva en que se hallaban dormidas, y me parece que quisiera tener cuatro manos para escribirlas todas al mismo tiempo y así lograr entender lo que ha sucedido.

Empecé con infecciones vaginales hace un año. Mi vida sexual se convirtió en un duelo; a veces, cuando Carlos se me acercaba, aunque deseara yo hacer el amor, mi cuerpo se tensaba con sólo pensar en los dolores posteriores, en los pequeños sangrados, en la inflamación del día siguiente.

No podía decir que no, nunca he sabido negarme al sexo con mi marido, tal vez porque en mí están siempre presentes las palabras que pronunció mi madre cuando me iba a casar: *Recuerda, lo que tu esposo no encuentre en casa, lo buscará en la calle.* Esa sentencia ha sido la base de mi matrimonio, aprendí a decir que sí a todo para evitar que mi amado Carlos encuentre algo mejor fuera de casa.

Lo escribo y me pregunto si así pensarán otras mujeres, ¿acaso soy simplona o tonta?

No lo sé.

Crecí viendo a las mujeres sacrificar muchas cosas para lograr un buen matrimonio; evité cuestionarme acerca de esa entrega absoluta. Siempre he creído —a pesar de haber leído tanto— que en la esencia femenina está la entrega. Una se entrega a los padres y estudia para satisfacerlos, es buena para cumplirles. Después, con los años, se entrega una al marido a cambio de amor, protección y sustento; luego la entrega a los hijos, derramada en cuerpo y alma. Así fue la vida en mi hogar infantil, no veo por qué no deba ser igual en el mío. Resulta peligroso rebelarse ante la propia naturaleza, pues si no somos mujeres, ¿qué seremos? ¿Cómo ser de otra manera y traicionar aquello que los hombres esperan de nosotras? ¡Me gusta entregarme!

Regreso entonces a mis dolores, a los cólicos. Me avergüenza escribir sobre mi sexo. Nunca he sabido hablar abiertamente sobre nada privado, sin embargo, aquí lo hago. A través de la palabra escrita me retaré a transgredir mis pudores; en este espacio me atreveré a decir lo indecible.

Carlos nunca ha sido un hombre como los de las novelas de amor. Es un buen tipo, cariñoso hasta donde su hombría se lo permite; así era cuando lo conocí y la verdad nunca esperé que cambiara —al menos no en eso—. El sexo es muy importante para él, supongo que como para todos los hombres. No importa si viene muy cansado de trabajar, hacer el amor antes de dormir le relaja.

A mí también me gusta el sexo, disfruto el placer y el roce de un cuerpo junto al mío, el aroma del sudor de Carlos y sus manos grandes llevando el ritmo de mis caderas. Me gusta sentirlo hurgar bajo las sábanas, sus dedos despeinando mis rizos púbicos para luego subir cautelosos hasta mis senos. Finjo dormir y lo dejo hacer. Su lengua recorre entonces mi vientre y la humedad surge por mi entrepierna. Respondo a sus caricias y nos fundimos en un abrazo cálido, en ocasiones apasionado. En realidad muy pocas veces he alcanzado el orgasmo haciendo el amor, pero no me importa. El simple hecho de tener contacto físico con mi esposo me hace feliz.

Ninguno de los dos ha tenido queja de nuestra vida sexual y, hasta hace muy poco, le creía a Carlos cuando me aseguraba que me había sido fiel desde el primer día. Pero de eso no quiero hablar ahora, la rabia me lo impide.

Lo que sí quiero hacer esta noche, antes de acostarme, es ubicar en mi mente cuándo me enfermé, estoy segura de que mi cuerpo lo sabe, sólo es cuestión de preguntárselo.

A lo largo del año pasado hice más visitas al ginecólogo que en toda mi vida junta; estaba constantemente irritada y de mal humor, con dolores y flujos, con ardores y medicinas inútiles. Cada visita al Seguro Social era igual a la anterior: el médico me recetaba los mismos óvulos. Un día, preocupada, le pregunté si no sería conveniente que mi esposo tomara o se untara algo, me parecía lógico que si yo tenía una infección él también la tuviera. El médico me contestó con burla, casi con desprecio, que las mujeres somos unas desconfiadas y pretendemos culpar de todo a nuestros esposos. «No —me dijo—, a su marido no le duele nada, y seguro no tiene nada, su problema es por falta de higiene y ya. Recuerde, vivimos en un clima muy húmedo, póngase los óvulos y venga a verme el mes que entra.»

Salí enojada, mas no furiosa. No suelo perder la cordura, aborrezco a las personas que se dejan llevar por la furia. Además, aunque no me sentía a gusto con ese doctor, pensé que él debía saber lo que hacía, si bien mi instinto me dictaba otra cosa.

Meses después Carmina, una amiga, además de compañera de trabajo, me notó delgada y ojerosa y no dudó en preguntar si me sentía mal. Me atreví a contarle mi problema. Es raro, nunca he confiado en nadie y jamás cuento mis asuntos íntimos, sin embargo ella me inspira confianza. Ambas somos profesoras en una escuela primaria particular, aunque con especialidades distintas: ella se tituló como licenciada en pedagogía, mientras que yo estudié historia del arte. Es obvio que las dos deberíamos aspirar a impartir clases en una universidad, pero en mi caso, como en el de Carmina, la conveniencia de horarios compatibles con los de nuestros hijos e hijas, así como la falta de opciones en una ciudad como Cancún, en la cual el interés por el arte y la educación no son prioridad, nos hicieron coincidir dando clases en primaria.

Carmina, Carmina. Escribo su nombre y me conmueve. Viene a mi mente su extraña facilidad para establecer amistades, para invitar a otras personas a compartir su alma con ella. Pocas mujeres tan excepcionales deben existir en el mundo. Su capacidad de ponerles nombre a las cosas sin aspaviento alguno, su ternura para expresar lo que siente y cómo lo percibe, me asombran. Recuerdo la primera vez que la vi: estábamos en la sala de maestros enfrascadas en una fuerte discusión sobre los sueldos y las órdenes de la Secretaría de Educación para que trabajásemos más horas en el proyecto educativo, al tiempo que debíamos callarnos porque no nos subirían los salarios. Allí estaban todos, todas las maestras en un caos, la ira se plantaba en la mesa de discusión dejando ver las insatisfacciones de cada cual en su vida personal. El director, un hombre pequeño incapaz de inspirar liderazgo y confianza, sudaba copiosamente levantando las manos para acallarnos. Carmina tomó la palabra, se levantó y bautizó cada emoción presente. De pronto quedamos en silencio, la miré; ella, sin alterarse y con una claridad extraordinaria, explicó cuál era el verdadero conflicto y cómo podríamos resolverlo.

Fue asombroso descubrir a una mujer tan luminosa, capaz de comprender a tantas personas y terminar una discusión sin descalificar o generar mayor conflicto. No pude menos que sentir admiración por ella.

Después de esa tarde fui deshojando ese misterio en apariencia simple y hallé mucha sabiduría y calidez. Tenemos más cosas en común de las que jamás imaginé; nos gustan los mismos libros, tuvimos una infancia similar, amamos nuestro trabajo con un gozo idéntico. Ella, sin embargo, ha sufrido mucho y sabe aprender del dolor; su sabiduría me atrajo desde el principio, aunque a veces me da miedo la soltura con la que suelta *verdadazos* sin ton ni son, como si cualquiera entendiera la facilidad con que ve las soluciones a los problemas.

En otras cosas somos diametralmente opuestas. Sin embargo, conocerla ha sido un privilegio y aunque nos vemos poco para platicar, los recreos y la hora del café en el salón de maestros han sido nuestro punto de encuentro.

A Carmina pude contarle mi angustia. Cuando terminé de narrarle mis cuitas su cara se contrajo de indignación, hizo algunos comentarios contra el machismo de los ginecólogos y de inmediato concertó una cita con su hermano, que es médico. Me preocupé por el costo, Carlos me mataría si llegara a enterarse de que fui a un médico particular cuando tenemos el Seguro. No ha sido fácil para mí, estamos invirtiéndolo todo en el pago de la casa; abandonar la ciudad de México implicó muchos sacrificios, sobre todo económicos. Hace unos años pedimos un préstamo bancario, se vinieron los problemas financieros, el Fobaproa, las devaluaciones… además de quedarnos sin la casa seguimos pagando una deuda. Ambos acordamos que sacrificaríamos algunas cosas por otras. *La calidad de vida lo vale,* nos repetimos cuando decidimos hacer uso del Seguro Social que nos proporciona el empleo de Carlos.

Al día siguiente, el doctor José Luis, hermano de Carmina, me revisó y le conté toda mi historia, y me miró con gesto de preocupación. Yo no pregunté nada, él extendió una orden de análisis y apuntó su número telefónico pidiéndome que, en cuanto estuvieran listos los resultados, le llamara de inmediato.

Hubo una época en que el precio de una consulta o el costo de unos análisis en laboratorios privados no me causaban preocupación alguna. Sin embargo, en ese momento no contaba con las posibilidades económicas para afrontar el gasto, por lo que le expresé al doctor la posibilidad de practicarme los estudios en el Seguro Social y llevárselos a la brevedad. Quedé pasmada cuando me aseguró que los estudios en el laboratorio privado no me costarían nada, él era amigo de la dueña y en ciertos casos hacían arreglos. «Vaya usted a recogerlos y venga inmediatamente después.» Su amabilidad y dulzura me tranquilizaron; por vez primera sentí que un médico me trataba como humana, como alguien importante y se preocupaba por mi salud, no por esculcar mis órganos. Creyó en mis dolores y cansancio, en los sangrados y cólicos, mitigó mi angustia y desconfianza por los ginecólogos y sus curas decimonónicas.

Estoy agotada, tal vez no sea tan buena idea escribirlo todo, tengo un vacío en el estómago, voy a salir a caminar un poco, mañana será otro día.

Por fin se fueron todos, Carlos al trabajo y Carlitos y Mireya a la escuela. Ansiaba tener la casa para mí sola. Estar en silencio sin que nadie pida el almuerzo ni el desayuno, ni los calzones limpios ni el zapato de deportes que está debajo de la cama.

Quisiera poder vivir en un universo paralelo, en donde la que pida todo sea yo, en el que se me concedan los más absurdos deseos: que alguien más busque mis calzones y limpie mis zapatos.

No dormí lo suficiente. Estoy cansada, mi agotamiento es del alma. Tal vez esto que tengo es lo que llaman depresión. Una lee acerca de las depresiones, pero jamás se imagina ser víctima de un mal tan simple y desolador. Mi madre decía que las mujeres que se deprimen deben ser ricas, y por lo general débiles y complicadas. No lo sé, no soy mujer de complicaciones, mi vida ha sido sencilla, simple, llena de esas cotidianidades que nadie tiene curiosidad de conocer. Durante mis años en la universidad juré irme a Florencia y estudiar restauración de arte; conocer París y recorrer por un mes entero el Louvre, pasillo por pasillo, sala por sala, sin otro objetivo que pasear la mirada en todas y cada una de las pinturas y objetos que contiene.

El caso es que nunca lo hice. El tiempo fue pasando hasta que, un día, descubrí que las mujeres que se lanzan a la vida de forma impetuosa tienen algo que a mí me hace falta. Supongo que he sido soñadora, pero no decidida. No soy aventurera. No sé por qué, tal vez es miedo, o soy cautiva de la costumbre.

Hasta hace unos días fui una mexicana común y corriente, feliz por el simple hecho de haber nacido, distante de aquellas que se complican y hacen drama por todo.

Para mí, si el marido enfurece, está de mal humor. Lo dejo solo frente a la tele y me callo la boca hasta que con las horas se distraiga y se le escape el enojo.

No he sido una esposa exigente ni dramática. He dejado que la vida pase como pasa el aire. La tomo como es y le doy la bienvenida, sin preguntar de dónde viene, ni a dónde va, ni para qué sirve estar aquí. Eso lo cuestioné de adolescente y sólo encontré complicaciones y conflictos con los demás, especialmente con los hombres. Alguna tarde de mi juventud se me planteó el adagio *Adaptarse o morir,* y decidí asumir la realidad, mi realidad de no guerrera.

Ahora lo escribo, releo y me asombro. Mi mente era más flexible cuando adolescente. ¿Dónde se fue mi curiosidad intelectual? Tal vez se perdió entre la espuma de la lavadora o los pañales de Mireya. Se evaporó junto con el agua hirviente de los biberones y las cada día más notables ausencias de Carlos en la construcción del sueño familiar. Tal vez pospuse mi intelecto ante la apabullante cotidianidad de las cuentas por pagar, del alto precio del jitomate y del enojo por mis zapatos desgastados de tanto andar por calles sin pavimento. Calles polvosas o húmedas —según la temporada— escondidas detrás del muro sutil de una perfecta zona hotelera de Cancún.

Estoy nerviosa, me descubro varias veces haciendo dibujos y rayones sobre estas páginas, temo abrir una puerta que me conduzca a caminos desconocidos, huyo del laberinto que mi mente puede construir mientras cuestiono la vida que he elegido, la que hemos construido, la que estoy enfrentando.

Al escuchar una canción viajo inevitablemente al momento del encuentro o desencuentro del pasado contenido en esa tonada especial. Siempre que comienzo a garabatear, a ilustrar ideas, recuerdo la voz de una mujer, la inolvidable maestra de dibujo que tuve a los doce años. Ella era pintora y nos contaba con tanta pasión lo que significaba para ella ser artista, que nos incitó a algunas niñas a pedirle que nos enseñara a pintar como los genios de sus libros. Al llegar a casa le platiqué con emoción a mamá mi descubrimiento, ella me miró con esos ojos tranquilos con que me contemplaba siempre y aseguró, en el mismo tono en que pidió que pusiera la mesa, que yo nunca podría ser artista. «Los artistas —me dijo— son personas que viven una vida muy tormentosa. Para ser artista de verdad se tiene que sufrir, viajar y estudiar mucho, pero sobre todo lo primero, sufrir, y tú, m'hijita, eres una niña buena que nunca ha sufrido y nunca va a sufrir, porque eres muy lista y porque vives en el amor y el temor de Dios.»

La respuesta de mi madre aún me hace sonreír. Si estuviera viva la llamaría para recordarle sus palabras, para pedirle que cumpliera, con su magia materna, el destino que ella misma me auguró a los doce años. Le diría: «Madre, ven aquí y párate en la cocina, frente a la estufa; mírame con tus ojos de abnegación y tranquilidad y repíteme que no voy a sufrir, que nada malo puede pasarme porque soy inteligente, porque vivo en el amor y temor de Dios».

Le aseguraría que ya perdí la esperanza de ser artista. Que no quiero sufrir. Que quiero ser una mujer común y corriente con una familia normal, y morirme de vieja o en un accidente rápido e indoloro, como el que terminó con su vida. Pero ella no está aquí para escuchar nada y por eso escribo; porque lo que tengo en la mente necesita hallar una salida y no encuentro a nadie a quien contarle mis necesidades, mis miedos, mis recuerdos.

Está Carmina, claro... aunque a veces me siento una necia frente a ella, me parece que invado su espacio con la misma historia una y otra vez. Escucho su manera de enfrentar los serios problemas de su familia, observo su facilidad para dirimirlos y salir de la espiral de la angustia, lo hace ver tan fácil que me juzgo débil, niña, sola, inutilizada para actuar como una mujer madura. Es entonces cuando busco a mi madre y la quiero aquí, viva, dogmática y sólida con sus verdades bíblicas e incuestionables.

Tal vez me encierro a escribir para que mi futuro manifiesto no se haga realidad, para que parezca un sueño y, una vez escrita la historia de estos meses, pueda yo incinerar mis palabras en una gran pira frente al océano, tirar las cenizas en el agua salada y entonces hacer desaparecer todo lo pasado recuperando así mi vida como era antes: sencilla y feliz.

Volví a la primera página. Necesito recordar qué es lo que he contado. Retomo lo importante.

Escribir duele. Entume la mano. La sangre corre caliente por el brazo, sube al corazón; las palabras surgen enojadas y no encuentro otra manera de mantener las ideas unidas; escribir es tejer la canasta de mis recuerdos, si no lo hago se perderán y llegará un día en que no sabré lo que aconteció, mi memoria estará demasiado triste y estremecida para hilar palabras. Por eso, a pesar del dolor, escribo.

Cuando volví del doctor le conté todo a Carlos. Le expliqué que no me había cobrado la consulta. De todas maneras se enojó, me llamó exagerada, que sólo pasábamos por una mala racha, que ya no le pidiera favores a mi amiga Carmina. «No hay necesidad de ir a un médico tan caro por un simple malestar femenino», dijo. De todas formas, yo entiendo que le duele más no poder pagar un médico que el que *su* mujer haya pedido un favor. Lo educaron para ser un buen proveedor.

Pasó, ésa es una de las cualidades de Carlos, se enoja y pronto se contenta. A la hora de la comida ya estaba vacilando con los niños; retó a Carlitos a que se comiera la sopa sin repelar y rió escuchando las aventuras escolares de Mireya.

Esta semana me sentí un poco mejor, el simple hecho de saber que un buen doctor estaba trabajando para descubrir cuál era mi problema me tranquilizó. La sencilla razón de concebir que pronto estaría otra vez sana, sin el vientre inflamado y sin dolores, me puso de buen humor.

El día que fui al laboratorio para hacerme los análisis, la recepcionista me recibió con recelo. Noté de inmediato que mi condición de mujer de clase media y mi rostro moreno, sin maquillaje, desentonaban con la sobria elegancia de la sala de espera. Es posible que las mujeres que acuden a ese lugar sean gente de dinero y buena posición, de esas que van luciendo ropa cara, bolsas de marca evidente y fina y un maquillaje impecable a toda hora.

Las cancunenses de la clase alta viven en una competencia constante y les importa mucho el qué dirán. Yo, por mi parte, no tengo ninguna ansiedad por competir con nadie, estoy a gusto con mi condición. En el fondo sé que algún día nos irá mejor económicamente, pero no por ello me vestiré distinto. Cuando veo a las mujeres que tienen mucho dinero y posesiones pienso que encueradas somos iguales; todo lo de encima es puro adorno, tlapalería, digamos, y mientras más adornos tiene una, más tiene que cuidarse de aquellas que la envidian. Compararse con quienes tienen más debe resultar un ejercicio agotador.

La mirada de la enfermera me asustó y no pude menos que sentir vergüenza cuando escuché de sus labios el costo de los análisis que iban a practicarme.

Por alguna razón me sentí agredida, fuera de lugar. Pensé —allí paralizada frente a la estiradísima y almidonada mujer de blanco— que debía haber ido al Seguro Social, allí me tratan como lo que soy, una derechohabiente más, alguien igual al resto de las personas que aguardan su turno en la sala de espera de sus laboratorios. Estiré la mano sudorosa para recuperar la receta y me disculpé con la recepcionista alegando que, con seguridad, mi médico había cometido un error al enviarme a ese lugar.

En ese momento, al tiempo que arrebataba el papel de las manos de la uniformada, se acercó al mostrador una mujer muy amable, quien al mirarme y ver la receta le indicó a la recepcionista que yo era paciente del doctor José Luis y por lo tanto no cobrarían por los estudios.

No supe qué decir, sentí un gran alivio y recordé con agradecimiento la cara dulce y morena del doctor, quien de alguna manera había logrado que no me cobraran.

Entré y obedecí las indicaciones de la enfermera. No se me ocurrió preguntar nada acerca de los estudios que me estaban realizando, siempre he pensado que la gente no debe cuestionar el trabajo de los demás y, en lo personal, no me gustaría que las madres de mis alumnos viniesen un día sí y otro también a revisar mis apuntes y a hacer preguntas sobre cómo doy las clases. No quise parecer desconfiada.

La mujer que me sacó sangre llevaba puestos guantes de látex y un cubrebocas. Este último no le impidió preguntarme si sabía yo el porqué de un análisis de funciones hepáticas, ni afirmar que de todas las pruebas que se hacían en ese laboratorio la más importante es la prueba de anticuerpos virales. Tampoco le impidió averiguar mi edad y estado civil. Pude observar que hacía su trabajo con eficiencia y prontitud a pesar de la nerviosa charla que intentó establecer entre las dos. Al retirar la jeringa de mi brazo me miró compasiva y me deseó la mejor de las suertes. Esto último lo entendí con claridad el día que el doctor José Luis llamó por teléfono.

«Soledad, tiene que venir esta misma tarde», dijo. Yo intenté explicarle que no era posible, tenía que calificar exámenes y hacer la tarea con mis criaturas. Insistió tanto que me invadió cierto temor. Dejé todo, pedí a una vecina que se quedara con Mireya y Carlitos y me dirigí al consultorio.

José Luis me recibió de pie. Lo observé con detenimiento: delgado, moreno con las facciones de un hermoso hombre hindú. Su figura se ve más espigada por su eterna postura perfecta, tiene un aire de gurú sanador. Él esperó en silencio hasta que yo reaccioné. Con movimientos suaves jaló la silla para que me sentara y dirigiéndose al otro lado del escritorio lo escuché decir con dulzura: «La dueña del laboratorio envió los resultados, tuve que pedirle su teléfono a Carmina pues tengo que hacerle ciertas preguntas muy personales. Soledad, espero me disculpe, es necesario saber algunas cosas».

Me sonrojé. Qué tan personales pueden ser las preguntas de un médico que ya ha asomado su cabeza por entre tus piernas, que ha metido sus manos hasta tus ovarios, que ha buscado bolitas en tus senos sobándolos y estrujándolos, pensé casi sonriendo. Asentí en silencio.

Resuena en mi mente el eco de cada una de sus palabras. Las escribo y sé que son textuales: «¿Ha tenido usted relaciones sexuales con otros hombres, antes o durante su matrimonio?» Una carcajada nutrida de nervios y vergüenza salió presurosa de mi boca, pero la seriedad del médico me obligó a contestar: «No, nunca. Carlos es el único hombre con el que he hecho el amor en toda mi vida».

Se hizo un silencio largo y espeso.

«Hay noticias que no tienen una buena forma de darse», dijo, mientras sus manos se unían como para hacer oración y posaba la vista en mis ojos. «Los análisis que le hicimos resultaron positivos, es usted seropositiva; es decir, ha adquirido el virus de inmunodeficiencia y eventualmente podrá desarrollar sida.»

Guardé silencio, como lo hago ahora... No quiero seguir escribiendo, tengo náuseas.

Vuelvo.

Mi mente estaba aún atrapada en la palabra «seropositiva» como si nunca la hubiera escuchado e intentara darle sentido. Fue curioso, todo a mi alrededor se desarrolló en cámara lenta, las palabras se barrían lentas, con un gran espacio entre cada letra, s e r o p o s i t i v a s i d a SIDA.

Los gestos del médico, el escritorio, las paredes, todo

emitía un sonido, una expresión de vida, me parecía ver latir al mundo y yo estar fuera de él, como una espectadora ajena. La sangre corría por mis venas y estaba fría, sentía su contacto con las paredes de las arterias y el calor de la piel no fue suficiente para sentirme protegida. En ese momento comprendí lo que es sentir frío interno, estar descarnada de miedo.

Escuché un sonido rasposo, creo que bajé la cabeza, me dolían las manos, los dedos, las uñas, me descubrí arañando mi bolsa y me detuve. El sonido cambió otra vez, el eco, otra vez el eco... sida SIDA.

Todo era lento. Sentí los ácidos del estómago hervir como agua en una olla, me parecía escuchar el estallido de cada burbuja. Mis piernas sudaban sobre el vinilo de la silla; entre el vestido y el plástico se percibía tanto líquido que me pareció que alguien había echado un cubetazo de agua a mis espaldas.

Me sentí como si fuera personaje de una película, de ésas en las que suceden las cosas en cámara lenta y una ve y percibe cómo pasa, cuadro por cuadro, cada segundo antes de que explote el auto, o la bomba, o cómo se detiene la bala antes de penetrar el cuerpo del actor, alcanzando su objetivo poco a poco, rompiendo primero la tela y después la carne hasta crear un impacto lento, intenso, desgarrador. En un instante más, las gotas de sangre, el hombre cae hacia atrás y, en segundos, todo vuelve a la velocidad normal y ya nada es igual que antes. La vida, el mundo, todo es ya diferente para la víctima.

No sé cómo sonó mi voz. Sentí dos lágrimas frías y diminutas, pesadas como helados diamantes, correr por mis mejillas mientras le preguntaba al doctor cómo era posible que yo tuviera sida.

«De eso se muere la gente, es una muerte horrible», recuerdo que repetí varias veces con un hilo de voz. Un golpe interno hizo latir mi útero en un cólico lacerante. ¡Mi hija Mireya, mi niño Carlitos! ¡No puedo morirme, no puedo dejarlos! Dios mío, *diosdiosdios* repetí mil veces apretando mi vientre adolorido. No puedo abandonar a mis criaturas, son mi carne, mi corazón, mi alma... no, no, debe haber un error. Sí, seguro —dije en voz baja—, debe haber un error.

El médico tomó mi mano y dijo que debía ser fuerte; recuerdo, como entre sueños, que dio mil explicaciones de cómo hay personas que sobreviven más de quince años después de habérseles activado el virus, que yo no tenía sida, que tenía el Virus de Inmunodeficiencia Humana, y que esas miles de personas en el mundo vivían perfectamente sanas, con su familia y su trabajo, amando y gozando.

Dio ejemplos que no soy capaz de reconstruir. Sólo recuerdo haber pensado: ¡A mí qué carajos me importaba lo que hacían en otros lados otras personas! ¡Yo quería saber qué me pasaría a mí y por qué me estaba sucediendo esto a mí, a MÍ, no a los otros!

Aún ahora lo escribo y me parece ajeno, los vocablos pesan más en el papel, la tinta oscurece por sus propios motivos.

Aquella tarde, las palabras del doctor se perdieron en el aire; me levanté y le pregunté con mucha tranquilidad si consideraba probable que Carlos fuera el responsable del contagio. «Si no ha tenido contacto sexual con nadie más y no le han hecho una transfusión de sangre en toda su vida, entonces es casi seguro que él la haya infectado.»

Su mirada y las palabras que salían de su boca no concordaban. Mientras las frases eran tácitas, claras y dolorosas, sus ojos estaban llenos de luz, de esperanza, de cariño. Me sentí querida por el médico. Nunca había sentido el amor de un desconocido, no de esa manera. Me abrazaba con su mirada y yo recibí el abrazo porque me hacía falta el contacto cálido de un ser humano.

«Es indispensable que su esposo vaya el día de hoy a practicarse los análisis para determinar su estado. En cuanto tengan los resultados hagan cita con mi secretaria y vengan a verme.» Todo esto lo dijo parado frente a mí, tomándome la mano con ternura. Nunca perdió el contacto visual conmigo.

Me pregunto ahora si será cierto que los médicos aprenden a no sentir nada, a no sufrir por sus pacientes; de otro modo no entiendo cómo un ser humano puede tener la disposición para decirle a otro que se va a morir sufriendo quién sabe qué tantas cosas. «Es indispensable lo de su esposo, si él está contagiado habrá que hacerles la prueba a los niños. No quiero alarmarla, pero es mejor estar prevenido que dejar todo al azar. Lo más seguro es que ella y él estén sanos, pero prefiero asegurarme por completo.»

Mi hija, mi hijo. No, jamás. Me muero, y me muero otra vez si algo le pasa a ella, a él. No, mis hijos verán el futuro, tendrán vida y amor y vejez. No quiero ni pensarlo.

Cuando terminó de hablar noté que había puesto una tarjeta en mi mano, en ella aparecía el nombre de una mujer y abajo decía *Humanitas: asociación de apoyo para personas seropositivas.* De pronto comprendí que me habían etiquetado, que soy una persona seropositiva y nada puede cambiarlo: es un estigma que se lleva en la vida y en la muerte, eso es todo.

En ese momento y a pesar de la ternura del médico, yo, Soledad, me convertí en un número más de las estadísticas que indican cuántas mujeres mexicanas portan el virus del sida.

Amanecí muy mareada, quise tomar el licuado que me dio el doctor. *Ensure* dice la lata. Se trata, en teoría, del equivalente a una comida con carne y verduras, lo indispensable para que no sobrevenga la anemia y se dispare alguna enfermedad que mi organismo no pueda resistir. No pude tomarla, sabe muy fuerte, es como una bomba de vitaminas olorosas disfrazadas de chocolate. Bebí un poco y volví el estómago.

Tomé café. Unas aspirinas lograron quitarme el dolor de cabeza.

Ayer lloré toda la noche, o al menos gran parte de ella. Descubrí que este cuaderno se está convirtiendo en mi mejor amigo, recibe sin juicios y sin bostezos mis catarsis. Anoche recordé esa palabra, justo después de que Carlos me pidió que ya no llorara porque empeoraba las cosas. Me descubrí respondiéndole que no es cierto, que me hacía falta llorar para hacer catarsis. Llevé el diccionario a la cocina y, mientras me secaba las lágrimas, leí el significado de la palabra: *Del griego katarsis, limpieza. Purificación ritual del hombre considerado impuro por la transgresión de un precepto. Reacción de sentirse liberado provocada al evocar una acción reprimida o un conflicto no resuelto que perturba la vida psíquica.* Transcribo para no olvidarlo. A la descripción le sumo *ritual de la mujer* para forzarme a escribir todos los días, para descubrir las marañas que llevo atrapadas en el alma y que no puedo explicar en voz alta.

Es curioso, el separador de estas hojas es la tarjeta que me dio José Luis. No sé si la tengo a la mano por una ironía o para recordarme que hay alguien allá afuera a quien puedo recurrir cuando decida aceptar que soy seropositiva y necesito ayuda.

Me recuerdo a mí misma, como lo hago con mis pequeños alumnos, que debo guardar orden en mis pensamientos, que la ortografía, la gramática y la sintaxis son tan importantes como el contenido. Cuesta trabajo, y me consuelo pensando que nadie leerá jamás estas páginas, por lo tanto, pueden permanecer tan desordenadas como me dé la gana, tanto como mi vida desde aquel día en que salí del consultorio del doctor y llegué a la casa.

Llamé a la vecina para pedirle que invitara a mis hijos a merendar; ella aceptó sin preguntar nada y se los llevó. No quise organizar mis pensamientos, ni siquiera quise pensar en lo que le diría a Carlos.

«Nunca he sido dramática», escribí antes. Tal vez nunca tuve una razón para serlo.

En ese momento no me importó nada. Me senté sobre la mesa del comedor en posición de flor de loto y clavé la mirada en la puerta. Así me encontró mi marido no sé cuánto tiempo después. Al entrar seguramente esperó encontrarse con la escena cotidiana: las criaturas poniendo la mesa mientras yo caliento la leche para la merienda, un saludo, los besos de rigor, a lavarse las manos y a cenar todos juntos.

«Y 'ora tú, ¿qué te traes? —dijo sonriendo—. ¡Déjate de mamarrachadas y bájate de la mesa! Pareces una de esas figuritas de Buda. ¡Anda, llama a los niños que me muero de hambre!», espetó más en tono de hastío y cansancio que de asombro.

No me moví, clavé mis ojos en los suyos y experimenté tal sentimiento de rabia que deseé fulminarlo de una buena vez y para siempre. Mis pupilas deben haberle parecido dos cuervos que se clavan al vuelo y no piden perdón.

Él se incomodó y no supo qué decir, fui retadora, aprendí de mamá a mirar a mi pareja con ojos de amor o de paciencia o mejor a no mirarlo. «Nunca agredas a un hombre —decía—, los hombres temen a la mujer agresiva, despierta sus peores instintos y pueden tornarse violentos.»

«Tengo sida», le dije, dejando salir las palabras de mi boca como lava ardiente de un volcán que no se contiene. Luego corregí: «Tenemos sida, Carlos».

Las palabras me quemaron al verbalizarlas; creí que sería un alivio escupirle la verdad, dejarlo que sufriera como yo y, sin embargo, tengo la sensación de que el dolor se quedó allí, entre nosotros, impregnado en los muros. Aún hoy, en este lado de la cocina, se percibe un calor que duele, esa noche se instaló en ese lugar y, a quien pasa por ahí y se detiene, le invaden sensaciones de vacío y angustia.

Carlos palideció. Yo hubiera esperado que me gritara que estaba loca, que se enojara para defenderse. No fue así. Soltó el portafolio. «No bromees, Soledad —dijo tartamudeando en voz baja—; con esas cosas no se juega. Estás bien, no pasa nada.» Yo guardé silencio y apreté los labios hasta robarles el color. Él clavó los ojos en mi boca, esperando que delatara una mentira. Paralizado por la negación, levantó las cejas frunciendo el ceño, ya no hablaba, pero su rostro preguntaba como un niño: ¿verdad que me engañas? Dime que no es cierto. Silencio. Moví la cabeza hacia los lados, negando su esperanza. Él cayó de rodillas en el piso como una marioneta a la que se le aflojan los hilos. Escondió el rostro entre las manos y murmuró quedo: «No puede ser, por eso ha estado enferma, por eso ha estado mal».

Repitió la misma frase una y otra y otra vez. «No puede ser... No puede ser, por eso ha estado enferma.»

Transcurridos algunos segundos se atrevió a levantar la cabeza y, con ojos llorosos y voz entrecortada, subió el tono para decir: «Perdóname, mi amor, perdóname». Se arrastró hasta una silla con la torpeza de un hombre al que acaban de golpear en forma sorpresiva y que, incapaz de coordinar sus movimientos, intenta sostenerse de un objeto que presume cercano.

Cuando por fin logró colocarse sobre la silla estiró su mano hasta alcanzar la mía, la tomó con tanta devoción y ternura que me hizo recordar el día que nos casamos. De eso hace ya trece años y desde entonces no había percibido en una caricia suya tanto amor.

Alguna vez leí en un libro que demasiado amor asusta. Me pareció una frase absurda, pensé que no hay manera de que exista demasiado amor. El amor nunca sobra, puede no ser suficiente, pero nunca demasiado.

Hoy comprendo que una juzga las palabras que no entiende, o que no le pertenecen, por carecer de experiencia. Esa noche, el amor con el que Carlos tomó mi mano me asustó, me asustó porque en el fondo de mi corazón sabía que se trataba de un amor producto del miedo y de la culpa; del arrepentimiento que se leía en cada una de sus palabras. No era un amor como el del día de la boda, ése por el que nos dijimos: Amor, por ti daría yo la vida.

Permanecí inmutable. Carlos jaló aire y lo expulsó con dificultad. Creo que pasaron varios minutos antes de que se atreviera a decir palabra. Cuando lo hizo las arrojó a borbotones, como un convicto que, al ser hallado culpable, no tiene nada que perder más allá del peso mortal de un secreto guardado por mucho tiempo.

Habló pausado, sereno, mirando al piso, a los lados, con actitud de derrota. Transcribo como si mi mente hubiese grabado sus palabras, pero sin reconocer la historia. Me niego a que sea la mía:

«Hace dos años llegó a la oficina una mujer muy amable. La traté bien, como a cualquiera de los empleados. No puedo precisarte cuándo ni cómo (porque no fue intencional) pidió que la llevara a su casa. Al llegar me invitó a pasar, acepté y segundos después nos estábamos besando.»

Lo interrumpí para pedirle que no me diera detalles, apenas podía creerlo. Lo recuerdo y me parece imposible haber tenido la tranquilidad para escuchar de su propia boca la historia de su infidelidad, de su traición.

En el aire se respiraba una sensación de pérdida, como si supiéramos que en nuestra vida todo hubiera estado programado para ese día, para que lo más dramático de nuestra existencia se sucediera en un diálogo cortés, sin gritos ni platos volando por el aire. Pienso, ahora que escribo, que probablemente Carlos ansiaba descargar su culpa y, después de la noticia que le di, ya nada le parecía tan doloroso o importante.

Retiré mi mano de entre las suyas, gesto que lo desconcertó y obligó a continuar: «Tuvimos sexo, fue sólo eso, te lo juro, yo nunca lo planeé, ni lo deseé. Son cosas que suceden y uno no sabe cómo reaccionar. Quieres que termine tan pronto te das cuenta del error que estás cometiendo, aunque a estas alturas entender con claridad no sirve de nada», dijo atropellado.

«Salí de su casa y me juré a mí mismo no volver a encontrarme con ella, nadie saldría lastimado. Pero a la semana siguiente volvió a acercarse a mí, a insinuarme cosas, a recordarme que la pasó muy bien conmigo. ¿Qué puedo decirte? Me alimentó el ego y volví a caer. Para cuando me di cuenta ya eran dos veces a la semana. Mientras tanto tú estabas cada vez más lejana, con la excusa del cansancio y los hijos ya no me dejabas hacerte el amor tan seguido y, cuando lo hacíamos, salías de la cama corriendo al baño, como si te diera asco mi semen y quisieras lavarte. Eso me ofendía muchísimo.

»Una tarde, después de acostarnos, ella me pidió que le cumpliera una fantasía. Yo estaba nervioso. Cuando me la contó brinqué de la cama asustado y molesto, le dije que nunca me metería a la cama con ella y otro hombre.

»Finalmente, no sé ni cómo ni por qué, me dejé convencer. Nos encontramos en su apartamento, el muchacho no era el *hombre* que imaginé. Se trataba de un joven de apenas veinte años con una cara casi de niña, los ojos azules y la voz amable, un buen amigo de Susana. Me torné agresivo, impuse condiciones. Susana me tranquilizó prometiendo que sería sólo una vez. No fue el último encuentro.

»En el primero, en medio de la excitación, el muchacho se me acercó y me pidió que participara con él, los dos me aseguraron que eso no me quitaría lo hombre. "Macho serás siempre", dijo ella.

»Había tomado de más, no sé por qué participé. Tras la primera vez, es fácil buscar excusas para ser bisexual. Susana aseguró que mientras yo actuara como el hombre, nada malo había en ello.»

Escribo las palabras de Carlos como cincelándolas, se marcan en el papel con su propia fuerza, con la violencia que me sorprendió esa tarde. Se derraman de mi cerebro una a una esperando ser escritas para cobrar significado.

A esas alturas de la narración descubrí que estaba escuchando a un perfecto desconocido, a un ser humano que había roto todos los esquemas morales que yo conocía y que lo había hecho sin tener siquiera una razón poderosa.

Sentí asco.

Después del impacto inicial, de la forma vulgar con la que Carlos se refirió a su sexualidad, de la manera tan carente de sentimientos y tan animal en la que me narraba su infidelidad, dejó de dolerme el corazón. Las palabras salían de la boca de un extraño, de un perfecto desconocido que se deja llevar por las circunstancias sin control alguno, sin usar la mente ni el espíritu, de un hombre ajeno a aquel otro del que yo me enamoré.

Esa noción de distancia me dio la fuerza necesaria para preguntarle con relativa tranquilidad: «¿Sabes cuándo y cómo te contagiaste? ¿Sabías que estaban infectados?».

Carlos recargó la cabeza sobre sus brazos extendidos en la mesa, no se atrevió a mirarme más, siguió hablando.

«Nunca, ni siquiera por un segundo pensé en el sida. Susana es una muchacha de la *cancuniqué,* una chava "bien" que trabaja por gusto. Anda siempre impecable, se ve guapa y muy sana. Hace *aerobics* en un gimnasio de la zona hotelera. El cuate, hijo de una de las familias más adineradas de Cancún, era un joven de apariencia frágil, aunque puedo asegurar que se veía más sano que yo, o que tú», dijo, tratando de recuperar el aliento.

«Una tarde llegué al departamento de Susana y la noté triste. Me contó que a nuestro amigo se lo habían llevado sus padres a Houston por un problema respiratorio y después habían decidido todos irse a vivir a Miami. Le aseguré, sin darle importancia, que regresarían, pues acababan de construirse una mansión con vista al club de golf Pok-ta-Pok.

»Ella se rió de mí, me dijo que para ellos esa *casita* era cualquier cosa, que el dinero no tenía importancia porque les sobraba.

»Esa noche sólo hablamos. Volví a casa temprano. Nuestros encuentros se espaciaron cada vez más, hasta que una tarde, al no encontrar a Susana en el hotel, le pregunté a la secretaria por ella y me respondió que se había ido de Cancún. Dijo que estaba medio enferma, que se iba a México con sus abuelos y que allí se quedaría hasta saber qué tenía.

»Meses después escuché a dos muchachos de recursos humanos, que todos sabemos son pareja, comentar que el joven de nuestros encuentros había muerto de cáncer "pero la verdad, manito, es que yo creo que tenía sida", le dijo uno al otro. Desde ese día, hace siete meses, he guardado en el fondo de la mente la idea de estar contagiado, pero jamás se me ocurrió que tú también podrías estarlo.»

Vaya consuelo. Es un imbécil.

Es miércoles: el día intermedio de la semana. Quise quedarme en cama, desperté varias veces y ante la realidad inaplazable, la desesperanza y el enojo, cerré los ojos, esperando que fuera de noche, deseando que el día triste pasara rápido, que se me olvidara todo. Estoy agotada, tuve diarrea durante la noche y un poco de fiebre.

Carlos comenzó la danza de la culpa esa noche, muy preocupado, preguntando si se me ofrecía algo: «Lo que quieras, mi amor, dime qué te traigo». Su actitud era tierna y excesivamente amable, hasta que le respondí casi gritando: «¡Dame salud, quiero que me devuelvas mi salud! ¡Dímelo! ¿Puedes, cabrón, darme lo que en realidad quiero? ¡Dile a tu hija, a tu hijo que tu calentura les robará a su madre! ¡Eso quiero!», terminé con un desgarrado grito agudo. Me miró indignado y se fue a dormir a la sala, ignoro si por enojo o por vergüenza. No me conozco. Escribiendo, me doy cuenta de la magnitud de mi respuesta. Por el momento me tiene sin cuidado lo que él piense de mí y si está sufriendo.

He descubierto, desde que le dieron sus resultados, que se quiere colgar de mí con su depresión, es como un niño que huye de la responsabilidad de sus actos con una mirada de abandono, pero un *yonofuí* no basta. He decidido, por primera vez, rebelarme ante lo pactado, olvidar la existencia de otros. No me adaptaré nunca más a las circunstancias, nace en mí una suerte de cólera que nunca había sentido, la dejo florecer porque me fortalece, me da ánimo para sobrevivir el dolor.

Quiero cuidar de mí misma, comprender qué es lo que sucede y qué voy a hacer con lo que me depare el futuro.

Por vez primera cuestiono cosas que no sabía que bullían en mi cerebro.

Quiero que alguien cuide de mí; que me hagan el desayuno y que me den de comer, ansío sentir lo que sienten mis criaturas cuando, por las noches, les doy un beso y la bendición. Quiero hacer mía la certeza que tienen los demás de que soy inmortal y siempre habrá alguien maravilloso a mi lado para cuidarme y amarme sin condiciones.

Quiero que mi madre vuelva de la tumba, o del cielo, o que reencarne y esté a mi lado y me recuerde —como cuando era niña— que soy feliz y que nada puede pasarme. Porque soy buena y lista y nunca le he hecho nada malo a nadie, quiero que me recuerde que hay, en algún sitio, un Dios omnipotente.

Estoy en la cama, no he probado alimento, sólo un té de canela y orégano que preparó Carlitos antes de irse a la escuela: «Es para que se te quite el dolor de panza, mami. Le puse miel de abeja, ya verás, cuando regresemos de la escuela vas a estar como nueva», aseguró mientras con cuidado extremo ponía la charolita de plástico sobre mi cama y se inclinaba cariñoso a darme un beso de despedida. Mi niño dulce, ojos de capulín. ¿Cómo abandonarlo?

Lloro. ¡Dios mío! ¡Qué batidillo estoy haciendo con la tinta en el papel! ¡No se puede escribir con plumón cuando se va a llorar!

En fin, son mi cuaderno y mi hoja manchada de negro, nadie los verá jamás.

¡No puedo dejar de llorar, no puedo, no puedo!

Vuelvo.

He llorado una hora sin parar mientras tomaba el té que preparó mi niño. Tengo que escribir, me sirve para ordenar los pensamientos. Él me cuida y yo pronto ya no podré prodigarle una caricia, darle una sopa de fideos, verlo sonreír.

Sigo llorando, en este instante me ha caído de golpe, como un saco de piedras sobre la nuca, la inminente realidad: debo decirles a mis criaturas lo que está pasando. Pero...

¿Cómo le dices a tu hijo y a tu hija que te vas a morir pronto? ¿Cómo les explicas que su papá también está contagiado?

¡Dios mío! No sé qué voy a hacer. Si no puedo siquiera terminar de comprenderlo yo, cómo puedo aspirar a que un niño de doce años y una niña de nueve lo comprendan y lo acepten. ¿Qué se les dice a las criaturas? ¿Una mentira o la verdad? ¿Se valdrá hacerlos sufrir de antemano o será mejor mantenerlos al margen hasta que ya sea imposible esconder la enfermedad, las enfermedades? ¿Cuántas veces iré a parar al hospital? ¿Será el sida como lo presentan en el cine?

Anoche, mientras estaba recostada en el piso del baño para no volver a la cama y tener que correr otra vez con cada cólico, recordé una película que fuimos a ver Carlos y yo al cine. Creo que se llama *Cuando la banda tocó* o algo así. Narra la historia de personas con sida en los Estados Unidos.

Esa noche al salir del cine sentí un nudo en la garganta, una especie de angustia que no desapareció mientras charlaba con mi marido al respecto. El filme nos pareció deprimente, aunque bueno e interesante. A ratos, desgarrador. Más que nada recuerdo una historia muy triste, tan lejana a nuestra realidad como aquéllas sobre las guerras mundiales o las hambrunas en Etiopía.

Carlos comentó que le había parecido muy fuerte y para su gusto un poco exagerada. Reverberan en mi memoria sus palabras y el tono despótico con que las pronunció: «Pobres maricones. La verdad, por algo les sucede eso». Repaso en mi mente aquella discusión que comenzó a la salida del cine y duró hasta que terminamos de comer unos tacos al pastor. Le expliqué que no es cierto que sólo los homosexuales se contagien de sida, que a la escuela donde doy clases fueron a dar una plática sobre el tema, y expusieron que es un virus que ataca a cualquiera; que también les da a las personas que comparten jeringas o que reciben transfusiones sanguíneas, que cada vez hay más mujeres heterosexuales que se contagian. Aseguraron que ya han muerto treinta millones de personas en el mundo a causa del VIH.

Insistí en que me parecía muy ignorante de su parte afirmar que el sida es el castigo que Dios reserva a los homosexuales. Él se burló de mí y hasta dijo que no sabía que yo fuera defensora de los *maricas.* Le argumenté que no los defendía, sino que intentaba respetar la diversidad humana. Se burló un poco de mis argumentos. Luego nos reímos juntos de otras cosas, cambiamos el tema a sabiendas de que aquella historia era sólo ficción.

«La vida es una ironía», leí hace poco en una revista de ésas para mujeres, ahora lo recuerdo. ¡Vaya si lo es!

Estoy cansada, la fiebre me da dolor de cabeza, quise tomar un par de aspirinas, desisto, me aterra que regrese el dolor de estómago que tuve anoche. Prefiero irme a la cama e intentar relajarme. En la misma revista leí algo sobre el yoga como método de relajación. Mostraba a una modelo ejecutando los ejercicios. Supuestamente con eso se quita la tensión y la jaqueca, voy a intentar hacer los respiratorios. Si logro una mejoría, tal vez averigüe más sobre esa disciplina.

Ayer me fue imposible seguir escribiendo. Mis hijos querían ir al mar, y a mi marido le molesta sobremanera que esté yo con este *maldito cuaderno* que logra sustraerme de todo. Así que decidí irme con ellos a Playa Delfines y disfrutar del sol; a última hora él aceptó acompañarnos de mala gana. El día se fue y, observando a las criaturas de mi corazón jugar en la arena, sentí por primera vez la relatividad del tiempo. Quise detener los minutos y hacerlos horas. Deseé con el alma que no existiera la precisión de veinticuatro horas y que un día fuese tan largo como los deseos de una mujer que ama la vida.

¡He madurado tanto en estos meses! Percibo todo y todo quiero verlo, sentir la vida a cada segundo, reflexionar sobre los pasos andados, sobre las dudas y los misterios, quiero enfrentarme a las emociones que me dan energía. Observé a Carlos jugar en la arena con Mireya y Carlitos y descubrí en el silencio, sentada bajo la palmera, la distancia que nos separa en este momento. Lo ha acercado a sus criaturas. De todas las cosas malas surgen nuevas y buenas lecciones, diría Carmina. ¡Vaya que es verdad!

Volviendo a casa, ya por la tarde, Carlos conducía el auto mientras yo, observando el paisaje como si fuera la primera vez, conté las palmeras de la gran avenida Kukulcán, que cruza la zona hotelera. La calle impecable, el manglar a la orilla de la laguna, el aire limpio y el cielo luminoso me recordaron lo afortunados que somos de vivir en este paraíso. Ante tanta belleza se despertaron los miedos... Miré mis manos, la piel joven aún... Mientras el aire húmedo entraba por la ventana del coche despeinando mi cabellera y mi marido jugaba a las adivinanzas con Carlitos y Mireya, me puse en contacto con esa sensación que me amedrenta: la decrepitud. Eso es, le temo al deterioro progresivo del cuerpo, a esa solitud que implica el saberse en el camino de la muerte. Temo a la impotencia ante la realidad inaplazable, y por último, este miedo ancestral al descontrol, a saberme incapaz de controlar nada, a quedar en manos de terceros. Unas lágrimas rodaron por mis mejillas. Carlos, sin decir nada, me alcanzó un pañuelo desechable y me miró con ternura; sin embargo, de su boca surgió el enojo... «¡Otra vez!», dijo en voz baja, mirando de reojo a las criaturas, señalándolas para recordarme que no merecían el drama.

Hicimos el recorrido hasta la casa en silencio. Después de cenar salí un rato al jardín, me recosté en la hamaca y pensé: ¿cómo sería mi vida en la ciudad de México? ¿Habría, acaso, sucedido lo mismo? Hacer hogar en otro sitio de la república es siempre un desafío. Hoy, ante los cambios drásticos a los que nos enfrenta la vida, me siento como el primer día que llegamos a Cancún, llena de preguntas y con una especie de sentimiento enrarecido por la indecisión y el miedo, la esperanza y el deseo de ser feliz. Explorar la geografía es siempre más fácil que adentrarse en las provincias del alma. Indagar el espíritu propio sin caer en la locura es un desafío al que me enfrento sola, a partir de hoy y para el resto de mis días.

Un día más. Amanecí deprimida. A las nueve y media de la mañana tocaron el timbre. Una mujer rechonchita con fuerte acento yucateco, vestida de manera exagerada y conservadora para estos climas, me regaló una sonrisa tan dulce que me recordó la imagen de Sara García en el chocolate Abuelita.

Dijo que trabajaba en el hospital como voluntaria y que quería platicar conmigo. La sangre se me vino a la cabeza. ¿Quién demonios le había dado mi nombre, y lo que es peor, quién le había dicho de mi *problemita* de salud, como lo insinuó ella?

Decidí pasarla a mi casa, más por averiguar quién andaba publicando mi estado de salud, que por saber de la voluntaria y sus misericordias a domicilio.

Resultó que su cuñada es la secretaria del doctor que me atendió y ella le pasa los nombres de las personas que viven con VIH; me pidió que no me enojase, pues su cuñada solamente estaba siguiendo la palabra de Cristo, quien predicó que nos *amásemos los unos a los otros* y fue por amor cristiano que se preocupó por mí. Me puse —y mientras lo escribo aún lo estoy— furiosa. Respaldadas en la religión algunas personas son capaces de faltar a los derechos humanos más elementales, como el derecho a la privacía y a la confidencialidad.

Le pedí que se fuera, estaba muy molesta, ella se limitó a endulzar su voz y a asegurarme que todo era por mi bien, que ellas eran Hijas de María, una congregación cristiana que ayuda a los enfermos a encontrar a Dios y a aceptar sus enfermedades, y que sabía perfectamente por lo que yo estaba pasando.

«¿Usted es seropositiva?», pregunté incrédula. Su rostro palideció al tiempo que se persignaba con premura. «¡No, ni lo mande Dios!», respondió sin darse cuenta de su reacción. «Nosotras estamos preparándonos para el ministerio de María, y con mucho estudio hemos llegado a entender la enfermedad y a aceptarla.»

Quise enojarme, pero me dolió el corazón, literalmente me dolió el corazón. Me senté en una silla y le pedí que se marchara de mi casa, que me sentía mal y no quería ver a nadie. Intentó decirme algo más, pero al levantar la mirada encontré sus ojos y los divisé hasta lo más profundo. Sólo balbuceó alguna bendición y me dijo que luego nos veríamos. Salió de la casa y, sosteniendo mi cara, lloré. El llanto no me venía de la razón, sino del alma. Me sentí sola, completamente sola: soy un experimento para la compasión de otras mujeres, soy su lástima y un *ejercicio para el ministerio,* soy una enferma que con su dolor les va a comprar el cielo a las misericordiosas. ¡Que se vayan al carajo con su misericordia!

Hace una semana que no escribo. He dormido mucho con la esperanza de despertar y descubrir que todo sucedió en el mundo de los sueños, que en realidad no estoy enferma y que, si lo estuve, el mismo acto de soñar se convirtiera en un inexhausto recurso de información espiritual capaz de sanarme.

Pasé seis días en el hospital, sólo recuerdo que me desmayé y desperté en la cama número siete, con suero y dos cortinas blancas a manera de paredes entre la enferma de junto y yo.

Le pedí a Carlos que trajera mi diario. Tuve que decirle en dónde lo guardo y estoy segura de que lo leyó, tardó demasiado en llegar con él y tenía los ojos enrojecidos.

Me lo entregó con tanta dulzura que recordé los primeros días de nuestro matrimonio. Hacía tiempo que no veía tanta luz y ternura en su mirada. Quería esperar hasta que viniese el médico a informarnos sobre *mi estado,* pero como en el Seguro te atienden cuando les da la gana, tuvo que irse a trabajar. Le dije que se fuera sin pendiente, que si hubiera algo importante ya se enteraría más tarde.

Y se enteró.

Le pedí al doctor responsable de la guardia que me leyera el diagnóstico escrito en mi control: «Linfoadenopatías con fiebre intermitente, pérdida de peso —cinco kilos— sin causa aparente. La paciente presenta manchas blancas en el interior de la boca, diarrea durante dos semanas. Pruebas de laboratorio confirman tifoidea, que no cede ante tratamientos habituales».

He leído tres veces el diagnóstico médico. El doctor, para variar, ignoró todas mis preguntas. Aquí en el Seguro Social soy la paciente número siete; no, perdón, no soy la paciente, soy la cama siete. Y para la enfermera del turno de noche, la que habla en voz alta creyendo que una duerme, soy *la pobre sidosa de los ojos bonitos.*

Recostada en esta cama, con el bolígrafo y el cuaderno entre mis manos, he caído en la cuenta, de pronto y con apabullante certeza, de la seriedad de mi condición. Ya no quiero ser víctima, he releído las primeras páginas de mi diario. Sueno como las mujeres que aborrecí durante mi adolescencia; no soy mártir de nada ni de nadie. Quiero prometerme a mí misma que, a pesar de las circunstancias, no seré una víctima de la sociedad que se compadece de sus miserias como si fuesen únicas. Estoy enojada, he descubierto que el enojo me da fuerza. Cuando adolescente, aprendí de memoria un poema que me parecía transgresor, y lo recitábamos para hacer enojar a los maestros. ¿Cómo era? Quizá si intento escribirlo lo recuerde:

Hoy no soy yo la que claudica,
no me verán tirarme de rodillas,
no seré la mártir que aborrecí de niña,
hoy no seré esclava de mi patria.

No esperen que acalle mis palabras,
he conjugado el verbo ciudadano,
ya reclamé las calles con mis pasos,
yo, mujer, ya dije lo que pienso y soy.

Hoy no seré la hembra que soporta
ni la Eva culpable del pecado,
comeré la manzana en vez de darla,
cometeré el pecado de ser franca.

Navegaré mi barco sin fronteras,
volaré con las alas de mi sexo,
verteré mi intelecto en otras mentes,
me perderé en la noche de los miedos.

No temeré al Adán que me sojuzga
ni dejaré que el puño me amedrente,
no seré las mujeres que abyectas callan,
seré las mujeres que interceden.

Seré yo quien me salve, al fin, de los prejuicios,
seré yo la mujer liberta del hastío,
seré estratega valiente, intrépida y astuta,
seré todo, empero jamás la que claudica.

Acabo de releer el poema que conforme fui escribiendo recordé con claridad. Me he reído de mi pasión, había olvidado esa parte vehemente de adolescencia, al menos en la lectura. Espero que en los momentos en que me quiera dar por vencida, al releerlo se me fortalezca el alma y me enfrente al dolor sin quebrantar mi espíritu.

Ayer comencé un tratamiento especial para la tifoidea. Sigo conectada al suero. No ceden el vómito y la diarrea; a pesar de los medicamentos no he podido comer. A ratos tengo hambre y sólo de pensar en volver el estómago desaparece mi apetito y duermo; duermo para olvidar y para intentar curarme. Descanso al menos de esta maldita tifo. El conteo de glóbulos blancos se ha convertido en una meta mensual, debo saber si mi sistema inmune se mantiene estable.

El médico, antes de irse, me explicó que como tengo una semana con un tratamiento fortísimo de antibióticos de amplio espectro, existe la posibilidad de que se me desarrolle una micosis. Vale la pena; la tifoidea, con el nivel tan bajo de anticuerpos que tengo, puede ser mortal si no es atacada de forma agresiva.

AGRESIVA... Pienso en la palabra. Jamás, antes, le hubiera dado importancia a la palabra «agresión» en un tratamiento médico. Hoy me parece importante; después de escucharla, me di cuenta de que así me siento: agredida por las agujas y los líquidos que irritan mis venas. Agredida por las reacciones de mi cuerpo hacia los venenos bactericidas, agredida por la afanadora que no quiere trapear abajo ni cerca de mi cama porque soy sidosa.

Estoy en una cama de hospital y, en lugar de sentir el piadoso abrazo de la medicina procurándome salud, ese que marca la publicidad de la clínica con una escultura de la Piedad cuidando amorosa al enfermo, siento la agresión de ser una rata de experimento de laboratorio. No soy —como dijo con cierta lástima la enfermera de la tarde— una típica persona con sida; ni parezco trabajadora sexual, ni soy homosexual, ni me drogo y, además, soy bonita. Tal vez, de todos sus comentarios, el que más risa me dio, por no decir tristeza, fue el de la belleza física. Todos, aunque lo neguemos, creemos que el sida se le nota a la gente, lo consideramos un estigma como la lepra, que denota el mal que la mata a una por dentro y por fuera. No es así, una no se ve enferma, se siente y está enferma, pero asusta a los otros y a las otras porque se ve *bien* o *bonita,* da miedo pensar que, si una mujer anda por allí siendo bella y cargando la enfermedad bajo la piel, entonces cualquiera puede estar enfermo y no saberlo. Asusta saber que una puede ser la próxima *cama siete.*

Amanecí desgastada, pasé una noche infame. La mujer de la cama de al lado se quejó como una loba aullando a la luna, lloraba y pedía algo para el dolor, las enfermeras nunca acudieron en su auxilio y finalmente, en la madrugada, cuando pasó el médico de guardia, se la llevaron de emergencia al quirófano.

Todas las enfermeras y los médicos la tildaron de loca, le dijeron que ya estaba bien. Perdió a su bebé a los siete meses de embarazo; ella y su marido ya le habían puesto nombre. Los primeros días la tuvieron sedada, según dicen para que no se deprimiera, pero fue peor. La drogaron para que no llorase ni expulsara al insolente demonio de la muerte que se le instaló en el vientre, en el que todavía tenía la sensación de llevar a una criaturita que empezaba a patear preparándose para andar por el mundo. Pensé en que alguien debería prohibir que a las mujeres que pierden hijos se les den sedantes, no logran nada más allá de forzarlas a guardar un recuerdo del dolor no superado en su inconsciente, para años más tarde sacarlo del letargo, una emoción dolorosa hilada en la telaraña de la memoria, un sentimiento lleno de rencores y recuerdos malsanos por no habérseles permitido cerrar el círculo de la muerte.

Ahora más que nunca me aterroriza el dolor de las otras; las observo y pienso: ¿qué haría si yo fuese esa mujer?

Aferrándose al absurdo dicho, *Ojos que no ven, corazón que no siente,* a mi vecina nunca la dejaron ver a su bebé. Ella quería abrazarlo y darle sepultura, hacerle un sencillo velorio e irse a su casa para llorar su pérdida, pero no la respetaron. Los médicos, sabios en la materia, opinaron que la mujer quedaría peor de ver a su niño muerto. Y el marido, callado por la cobardía de no saber cómo confrontarlos, en lugar de escuchar a su mujer que pedía despedirse de su bebé, hizo caso a los médicos y dejó que la drogaran para callarle la boca y el alma. Se la llevaron, dijo la enfermera, con una hemorragia interna: al parecer restos de placenta olvidados por el cirujano le provocaron una severa infección. Nunca le pude ver el rostro, la cortina que nos separaba jamás fue abierta. Ya se sabía que yo era sidosa, a cada cual la escondían de la otra, y de ser posible nos esconderían de nosotras mismas. ¿Por qué será que los médicos y los maridos deciden sobre lo que sucede con nuestro cuerpo femenino? ¿Acaso estar entre las sábanas de una cama de hospital nos transforma en seres incapaces de tomar decisiones?

Tengo que organizar mis pensamientos, no quiero que mi marido ni los prepotentes médicos jóvenes, convencidos de ser deidades terrenales, tomen decisiones por mí. Prepararé un documento legalizado para que no me entuben ni me droguen; no quiero que acallen sus conciencias haciéndome un vegetal silencioso, ni permitiré que experimenten conmigo.

Es la una de la madrugada, tengo que retomar mi cuaderno. Por la tarde vino a visitarme la rechoncha señora que fue a mi casa, la voluntaria.

Llegó pudorosa, vestida como señorita de cincuenta años, abotonada hasta el cuello y con el virginal acedo hedor de las que odian su propio cuerpo; las que no admiten cercanías, ni abrazos ni pasión, eso me pareció al menos cuando se acercó a besar mi frente y percibí que despedía un aroma a olvido.

No preguntó; se sentó en un banco al lado de mi cama y con voz inalterable acompañada de un gesto angelical, resultado evidente de sus ensayos frente al espejo, me dijo:

«Nos volvemos a encontrar en el camino del Señor». No contesté, sólo asentí divertida. Todo me parecía tan ficticio, tan falso, que no pude más que callar y escucharla. Con movimientos recatados y siempre sonriente con una mueca dolorosa de alegría forzada, en un intento por imitar a la virgen de la estampita que dejó en el buró, sacó su Biblia y un pañuelo blanco con el cual secaba, sistemáticamente, el líquido de las orillas de sus ojos, no sé si resultado de discretas lágrimas ensayadas o del insoportable calor húmedo de la habitación.

Sin pedir permiso, me aseguró que la palabra de Dios me reconfortaría y empezó a leer:

«*Desde entonces comenzó Jesús a declarar a sus discípulos que le era necesario ir a Jerusalén y padecer mucho de los ancianos, de los principales sacerdotes, y de los escribas; y ser muerto y resucitar al tercer día*»... Interrumpí su lectura para preguntarle qué me leía: «San Mateo 16:21», contestó un poco molesta por la interrupción, pero entonces volví a cuestionar: «¿Ustedes a quién representan?» «Somos las Hijas de María» aseveró con un tono de desaprobación ante mis preguntas, y siguió leyendo «*... entonces Pedro, tomándolo aparte, comenzó a reconvenirle...*»

Y mi mente empezó a divagar. Observé el rostro, las manos manicuradas, el vestido fino, el peinado y los aretes de perla gris diminuta. Todo en esa mujer era signo de control. Seguramente por eso había incursionado en el voluntariado, para leerles a los enfermos y ayudarlos o decirles cómo encontrar a Dios, para sentir que puede controlar algo, otras vidas, cuando la suya está perennemente reprimida, sin brújula personal.

¿De dónde salí yo tan cínica? Me sorprenden mis pensamientos, pero no puedo más que reconocer que estoy siendo realista. Hoy día soy más auténtica de lo que jamás he sido, ya no tengo tiempo para perderlo en necedades, hoy pienso y digo la verdad. Hijas de María. ¿Qué querrán decir con eso? ¿Que se han autodenominado hijas de la virgen por su sacrosanta vida, que son misericordiosas, que sólo ellas son capaces de enseñarles a mujeres comunes como yo el camino hacia Dios? He notado que ni siquiera me ha preguntado si soy católica o cristiana, si creo en Dios, si deseo escuchar a San Mateo. No, ella no pregunta, ella trae las respuestas a sus propias necesidades, por eso se siente heredera virginal.

Por mi parte, me sentiría más a gusto si viniera una mujer de su edad, vestida como cualquiera, arreglada como le diese la gana y me dijera «Buenas tardes, me llamo fulanita y pertenezco a una agrupación que se llama Las Hijas de la Puta Madre. Somos mujeres de todos los estratos sociales, algunas trabajadoras sexuales y otras maestras, periodistas, ingenieras y cocineras; a casi todas nos ha ido de la fregada en la vida, pero hemos aprendido a sobrellevar la cotidianidad con dobles jornadas buscando cada una nuestras propias respuestas en la filosofía de la Biblia. Si gustas, nos encantaría visitarte, hacerte compañía, los mandados y, si no quieres leer la Biblia, podemos leer en voz alta *La hija del caníbal,* de Rosa Montero».

Eso tendría mayor validez que la actuación de la mujer que se sentó frente a la cama, tan llena de complejos y atavismos, represiones y sentido de sacrificio, henchida de superioridad moral. Nunca me ha gustado que nadie se sacrifique por mí. No soy nadie para merecer faenas, ni para exculpar los pecados escondidos de mujeres que se sienten solas y que deciden entregar su vida al dolor ajeno (porque son incapaces de lidiar con el propio) en lugar de entregarse plenas a la alegría de una vida provechosa.

Finalmente, después de una hora en que la mujer leyó y leyó, terminó con una frase que me gustó, decía algo así como «*Las zorras tienen guaridas, las aves del cielo nidos; pero el hijo del hombre no tiene dónde reclinar la cabeza*».

Después se levantó de la silla y me dio la bendición, no sin repetir que debía aceptar la palabra de Dios antes de morirme, de no ser así, ella no podría ayudarme.

¡Que Dios, ése en el que ella confía, perdone su prepotencia! Nadie puede ayudarme. Me reconforta saber que a ella tampoco, no puedo salvar mi cuerpo para que ella salve su alma.

Ayer fue mi cumpleaños.

Así dejo la frase, solitaria al principio de la página para descubrir si tiene algún sentido.

No se lo encuentro.

Desde que estoy enferma el tiempo ya no es mío, me parece prestado y sueño a veces que en cualquier momento su dueña me lo arrebatará. Pocas cosas tienen significado en mi vida. El tiempo no es una de ellas.

Mis hijos me mandaron unas tarjetitas hechas a mano. Carlos vino a felicitarme, lo vi de reojo, parado en la puerta, no lo dejaban entrar porque estaba conmigo la Hija de María leyendo la Biblia.

Sólo un visitante, dijo la enfermera, y yo guardé silencio, no le pedí a la desconocida, como supuestamente debía hacerlo, que saliera para dejarle el lugar a mi esposo. No, no me dio la gana ser propia, hacer lo adecuado. Recién entendí, mientras escribo, que los esfuerzos que no hace una por sí misma no los hace nadie. Si Carlos hubiera sido el que yaciera en esta cama yo me las hubiese arreglado para sacar a la desconocida del cuarto, de la melena si fuese necesario, pero ésa es la diferencia entre nosotros (decía mi madre): las mujeres fueron hechas para dar y los hombres para que se les diga cuándo y cómo deben recibir; repetía que había que instruirlos para dar. Somos educadas con generalidades, tal vez por eso nos equivocamos tanto.

Desconozco mis palabras y las de mi madre, releo lo que escribo y me busco entre las comas y las frases hechas. No me encuentro.

Me hubiera gustado que Carlos peleara su derecho de estar a mi lado.

Hoy saldré del hospital. Ya puedo pararme y representa una gran ventaja poder ir al baño por mí misma. Cuando estuve muy mal alcancé a escuchar a las enfermeras rifándose la responsabilidad de ponerle el cómodo a *la sidosa;* los pasillos de esta clínica tienen un eco extraordinario, todo se escucha. Duele la verdad de este sitio.

Si yo fuese enfermera y debiera cuidar a una paciente con sida, ¿actuaría de igual manera?, me pregunto una y otra vez. Probablemente igual me moriría de miedo a ser contagiada. «No lo sabemos todo acerca del virus», dijo el otro día el médico mientras hacía su ronda con los pasantes y me observaron como si de un bicho raro se tratara; me cubrí con la sábana, fingí dormir, amodorrada pedí que me dejaran sola, ellos me ignoraron y siguieron la lección frente a mi cama.

Mientras salían pude escuchar la voz compungida de un joven médico: «Qué bárbaro, tan jovencita y tan hermosa. ¡Qué mala onda!» Me descubro harta de escuchar ese mismo comentario, no logro entender qué relación tiene mi belleza con la dolencia, tal vez sea que vivimos en un mundo tan superficial que presupone que la gente hermosa no puede enfermarse ni ser mala. *El mundo es de los hermosos,* decían los filósofos griegos. Pero no es cierto, el mundo ya no es mío, mi cuerpo no es mi sangre envenenada, no quiero belleza, reclamo salud.

Estoy en casa, sola. Pensé que mi cama sería un alivio, pero no lo es, he comenzado a tener pesadillas; en ellas todo es como antes, sólo que estamos en la cama Carlos, la otra mujer y el muchacho, ambos muertos, y yo entre ella y él.

Me levanto a medianoche. Escribo.

Mi cuaderno se ha convertido en mi destino, vicio, medicina, amigo y salvoconducto para el futuro inmediato. Pareciera que aquello que no escribo, no sucedió. Recuerdo… hace un tiempo me inspiré con mis alumnos de sexto de primaria; apasionada, quise contagiarles mi amor por los libros, les repetí una frase leída hace muchos años: «El regalo más poderoso de un ser humano para otro es la palabra escrita; con ella se descubre un nuevo espacio en el espíritu, se abren las alas de la imaginación y se revela la bondad del silencio y de la soledad, ambos nos impulsan a ser mejores seres humanos, a concebir nuestros sueños para el futuro». Leyendo entendemos lo que, entre las distracciones ruidosas y mundanas, somos incapaces de comprender.

Ahora, mientras escribo este diario con la certeza de que nadie lo leerá jamás, descubro el otro lado del corazón en una hoja de papel. No importa si nadie me lee, aun cuando nadie sepa de este dolor y angustia, de los enojos y diarreas, de mis conjuros contra el amor-odio que siento hacia Carlos. Importo yo. No escribo este diario para trascender, como los autores de quienes les hablo a las y los alumnos; escribo para sobrevivir, para mantener esta frágil mente equilibrada, para no dejar a las ideas perderse en la vorágine de la depresión que está guisándose en mi alma. Escribo para no morir. Para saber que aún no he muerto.

Ha venido a verme la vecina, trajo consigo seis recados de Carmina, quiere venir de visita, pero aclara en sus mensajes que sólo vendrá si yo la llamo, no quiere invadir mi privacía.

MI PRIVACÍA. Qué curioso, no sabía que la tenía o acaso fuese dueña de ella. Gozo a las personas respetuosas de los espacios ajenos, aunque para ser franca nunca había conocido a ninguna; o tal vez he sido yo quien ha permitido e incluso incitado la invasión cotidiana de mis ámbitos, perpetrada por aquellas personas a quienes amo. Como si fueran públicos, he admitido sin chistar el secuestro de los instantes personales. Esa madre mía, a la que recuerdo cada vez con mayor anhelo, aseguró siempre que todo era culpa nuestra, de las mujeres, *mea culpa,* recitaba mientras se daba un golpe de pecho con el puño cerrado. No importa si los que te joden están allá afuera, de una forma u otra, estoy entrenada para darle la vuelta a la vida y ceder por esa inclinación culposa.

Todo se resuelve cuando encontramos que somos culpables. Por desgracia, las mujeres creemos que somos siempre nosotras. ¡Maldita la cultura del pecado!

Buscaré a Carmina, no he podido agradecerle todo lo que su hermano José Luis ha hecho por mí; ha sido una bendición encontrar a alguien como él, humano y dulce, entre los muchos médicos del Seguro Social que la tratan a una como objeto.

Carmina es como la sonrisa que te regala un desconocido en la calle: siempre aparece en el momento adecuado, nunca impositiva, sino dulce y respetuosa. Tal vez una de las cosas que más me unen a ella es su capacidad para saber lo que yo necesito, esa entrañable forma que tiene para hacerme saber que no estoy sola, que puedo llamarle en cualquier momento, sin importar la hora o el día. Un buen amigo de la capital me decía que nos enamoramos de lo que creemos que es la otra o el otro, porque estamos imposibilitadas para amar nuestras diferencias, respetarlas al tiempo de gozar las similitudes. Carmina es diferente, ella me ha enseñado, con su amistad, el sentido del amor respetuoso, muestra de su riqueza espiritual y libertad interior. Esta amistad me señaló un camino diferente del amor, rompe las reglas de la necesidad de convivir en cercanía física constante. Desde lejos, sin mediar a veces palabra alguna entre ambas, sabe que la necesito. De igual forma yo sé cuando la llama la tristeza y le hacen falta mis palabras o mis brazos. Es un asunto del alma, eso es... creo que nos une, más allá de la convivencia, una amistad espiritual.

Han pasado tres días desde mi última página. He llorado

hasta el agotamiento. El lunes intenté volver a la escuela. Carlos les había llevado el documento de incapacidad que me dio el Seguro, pero no les importó.

Sigo llorando. Estoy furiosa.

El director de la escuela no pudo ni verme a los ojos, empezó a hablar de manera incomprensible, me miraba sorprendido y repitió mil veces lo guapa y repuesta que me veía. ¿Qué esperaba? Obviamente ya alguien le había dicho lo que tengo, de otra forma no tendría por qué despedirme.

Después de una perorata, mediante la cual intentó explicarme el porqué de mi despido, me dijo, entre balbuceos y miradas a las paredes laterales, que la madre de uno de mis alumnos que pertenece a la congregación de las Hijas de María sabía de muy buena fuente —¡buena el carajo!— que yo tenía sida, así que se reunió con todas las madres y padres de familia y juntos decidieron que no querían que sus hijos tuvieran una maestra sidosa, sobre todo por el ejemplo que les daría. «Sólo Dios sabrá de qué manera se contagió la maestrita y si tiene vicios ocultos que pudiera enseñar a los niños y niñas.»

No pude menos que sentarme a llorar de impotencia. He sido descalificada como maestra y como humana por los padres de mis alumnos; a los treinta y tres años ya no puedo dar clases. Mi condición de seropositiva implica una pobre condición moral, estar enferma me convierte irremediablemente en una mala persona, una mala influencia para sus hijos e hijas. ¿Qué hace una ante tanta estupidez?

Nada. Los prejuicios pesan más que la compasión.

El director me miró con cierta lástima cuando, furiosa, le advertí que iba a demandarlo ante Derechos Humanos.

Sugirió que lo pensara, ninguna escuela me iba a contratar si lo llevaba a pleito. Recomendó que buscara un colegio privado, tal vez en ésos, como no me conocen, no sabrían de mi problema de salud y me permitirían trabajar. «Cancún es un pueblo chico —dijo con una mirada compasiva—. Ya todas las escuelas de gobierno saben de su enfermedad, entienda a las madres, están asustadas.»

¿Y a mí quién me entiende? ¿Creen que yo no estoy asustada?

Nada es justo, ahora soy culpable de mi enfermedad; la tristeza me pesa. Cargo cien toneladas de abandono.

Decidí llamar a Carmina. Esta mañana me llevó a desayunar. Por un momento me olvidé de los dramas. Fuimos a El Café. Me gusta ese lugar con su terraza al aire libre, las sombrillas verdes y las mesas blancas; allí se respira el aroma del Cancún de antes. Los meseros te conocen y te llaman por tu nombre, la gente sonríe y conversa, es como estar entre viejas amistades, un sitio sencillo que da la extraña seguridad de vivir aún en provincia, donde la cortesía tiene cabida y la gente se saluda sin conocerse; imprime la sensación de estar tomando un cafecito en la cocina de la casa de tu mejor amiga.

Carmina es una mujer extraordinaria. Me asombra su inteligencia, me fascina la dulzura de su voz y la seguridad con la que expresa sus ideas. Pareciera que después de ella decir que voy a estar bien, por obra divina lo estaré.

Es de esas mujeres que tienen mirada de sabias jóvenes, que hablan con una certeza inmediata, dicen todo desde el alma, y una no encuentra sospecha de que pueda existir algo mal dicho desde un corazón así de franco.

Ha llevado a su madre y padre a vivir con ella, está divorciada, es mamá de dos criaturas. El niño más grande es adoptivo; se convirtió en su madre después de una tarde que lo llevaron al ministerio público muy lastimado: fue víctima del abuso de un padrastro enfermo. No lo pudo dejar en el abandono. Lo adoptó con todo y la carga emocional que puede llevar un niño que ha sufrido violencia y atropello.

Han pasado por crisis inimaginables y ahí están, juntos en la lucha sin tregua del amor, haciendo familia. No conozco a ninguna otra mujer con el valor para enfrentar esa batalla; su corazón está siempre en el lugar correcto.

La niña es más pequeña; la tuvo con su ex esposo, un hombre que no supo valorar al mujerón con quien se casó y acabaron separados. Creo que es lo mejor que pudo sucederle a Carmina. Hay mujeres que tienen alas para volar solas y no les hace falta nadie para reconocer su destino. Carmina es trabajadora infatigable, le va muy bien económicamente. Además de dar sus clases, vende seguros. Siempre está contenta, impregnada por una felicidad muy lejana a la estupidez. No es como aquellas metafísicas que repiten hasta la saciedad *no pasa nada, estoy feliz* y en el fondo están perdidas en el misterio del dolor que niegan, al que nunca le dan voz por temor a conocerlo. No, Carmina sabe encontrar dentro de su alma razones propias para ser feliz; es algo que a mí me gustaría aprender, si es que tengo tiempo y vida.

Entre otras cosas prometió hacer mi currículum y llevarlo a dos escuelas particulares, tiene amigos en todas partes, toda la gente que la conoce la ama. Espero que logre conseguirme trabajo. Carlos insiste en que ya está ganando lo suficiente y, según él, no hace falta el dinero que yo aporto, insiste en que me quede en la casa a cuidarme.

«¿A cuidarme de qué?», respondí. «De mi miedo no puedo cuidarme porque lo traigo amarrado al pelo, es la sombra que me sigue aunque no haya luz de por medio. Yo no puedo cuidarme de nada, ni tú tampoco puedes hacerlo, lo que puedo hacer es seguir dando clases e intentar vivir como si no fuera cierto que me contagiaste de muerte.»

Ahora que lo escribo entiendo la magnitud y sordidez de mis palabras. Anoche, cuando las dije, se le llenaron los ojos de lágrimas. Se contuvo y guardó silencio; se puso unos *shorts* y salió al patio a fumar. Lo vi desde la ventana, por un momento sentí ganas de abrazarlo, de quererlo, incluso hasta de hacerle el amor. La luz de la luna iluminó la mitad de su rostro. Tiene un perfil tan hermoso, es un hombre guapo, un tipo varonil. Lo descubrí joven, mucho más joven que yo, el cabello negro, la nariz recta, los pómulos marcados y las pestañas enormes. Observé sus brazos, fuertes, delgados y bien marcados; los mismos entre los que tantas noches sentí protección y amparo. Lo percibí bello y sano. De pronto volví a la realidad y me asaltó de nuevo la rabia hacia él. «Él te contagió», me dijo una voz interior, «¿por qué lo vas a consolar? ¿De qué?»

Cerré la ventana. No me di cuenta a qué hora volvió y se acostó en la cama junto a mí. Esta mañana, cuando se despidió, mientras los niños recogían sus mochilas, me dijo con tristeza: «Te desconozco, Soledad. Me dices cosas que me lastiman muchísimo; yo te amo, si no perdonas te vas a morir amargada». Me dio un beso en la boca. Apenas caigo en cuenta de que no lo había dejado besarme así. Me corrijo, no se había acercado a besarme en la boca desde el día en que lo confronté, ¿o será desde el día que fui a dar al hospital?

Su beso me enojó. Experimenté la molestia de sentir cariño por él cuando percibí su cercanía, su aroma dulce. Tuve ganas de abrazarlo; quise decirle que lo necesito y que quiero que cuide de esta mujer que soy yo, ganas de que mi alma se pierda en el calor que producen nuestros cuerpos juntos y no pude, me rebelo ante mis propios sentimientos… el deseo y el rencor se debaten.

Se lo conté a Carmina. Ella escuchó serenamente, dijo que es normal lo que siento, que se trata de una ambivalencia: por un lado quiero estar con él y, por el otro lado, siento un gran rencor ante su infidelidad, sobre todo por las consecuencias que tuvo. «Ése es un problema de todas las mujeres», dijo. «Nos enseñan desde pequeñas a soñar con vivir en pareja, nos dicen que el estado ideal de la mujer es el matrimonio, que una vez que encuentras a tu príncipe azul y éste te obsequia el anillo matrimonial, la alianza de la fidelidad y el amor, todo funcionará de maravilla. Lo cierto es que la moral y la ética no tienen nada que ver con el matrimonio.»

«Nos hacen creer que la fidelidad es un requisito para la vida matrimonial, que la infidelidad es mala y dolorosa; para luego, después de casadas, descubrir por nosotras mismas que la mayoría de las personas, hombres y mujeres, tarde o temprano son infieles a su pareja.»

«Los hombres lo son siempre», dije yo molesta.

«Si las mujeres no creciéramos con tantas represiones morales y miedo al qué dirán —añadió ignorando mi comentario—, seríamos tan infieles como ellos; no es que no se nos antoje el romance eventual; sucede que no nos atrevemos a confrontar nuestras conciencias culposas, nos da pavor atrevernos, tener un hijo de otro, que nos huelan el miedo de la traición. Nada más mira a las que sí se atreven y no conocen la culpa, andan tan contentas como cualquier hombre infielmente apasionado. Además, hace falta hacer cuentas: ¿con quiénes crees tú que son infieles los hombres? ¡Pues con mujeres! Para que un hombre sea infiel necesita de una mujer, al menos en las relaciones heterosexuales. Entonces, tal vez la diferencia es que nosotras callamos nuestras infidelidades y los varones las presumen. Son absolutamente descarados y, en general, siempre acabamos perdonándolos. La verdad sea dicha, todos y todas somos un poco hipócritas. Yo, más que en la fidelidad sexual, creo en la lealtad, en no lastimar a mi pareja intencionalmente, en no hacerle daño.»

«Ya pasó», dijo Carmina. «Ahora, ¿tú qué prefieres: odiar a tu marido por el resto de tu vida o mejor dedicar el resto de tu existencia a tu felicidad? ¿Para qué es la vida si no para vivirla? Busca en tu interior. Sé que estás muy deprimida, pero de cualquier manera tienes que entender que lo que no hagas por ti, nadie lo hará. Es tu vida, Soledad, ¿qué quieres?»

¿Qué quiere Soledad?

Ahora, sola, con los codos recargados sobre la mesa de la cocina, desparramada en la silla, vestida como una adolescente: con una camiseta sin mangas, sin sostén, con mis *shorts* de mezclilla cortitos, descalza, con el cabello recogido en una cola de caballo, me siento yo misma. Veo el reloj y me doy cuenta de que es la una de la tarde, no he preparado nada para comer, abro el refrigerador y descubro que hay pocas cosas, saco lo que encuentro y, desganada, comienzo a cocinar.

¿Qué quiero? Por lo pronto quisiera que alguien se encargara de mi casa, estoy aburrida de los guisos de todos los días, harta de tener que inventar algo nuevo para comer; algo que les alimente el cuerpo y el alma a mis criaturas. Eso decía mi abuela: que una madre cocina para el cuerpo y el alma, ¡qué responsabilidad para lo cotidiano! Alimentarles el alma, ¿cómo carajos les alimentas el alma a otros si ni siquiera sabes cómo lograr que la tuya sobreviva ante la interrogante de no saber quién eres y qué te espera?

No quiero responder a la pregunta, aunque sé que lo que quiero es vida y ésa ya no la tengo segura.

Hoy es una de esas tardes frescas que se antojan para irse a la playa con una taza de café.

Tomé el termo del Rey León, uno de aquellos que les regalaron a mis hijos en el restaurante de hamburguesas, serví un cafecito y vine a la playa. Cargué con mi cuaderno y una pluma. Sin darme cuenta traje también los lápices de colores de Mireya; tal vez me atreva a dibujar algo.

¡Qué bonito es Puerto Juárez! Por la tarde las playas están vacías. Estoy sentada sobre la cubierta de un barco abandonado, un pesquero cubierto de óxido que recaló en la playa hace años, cuando entró el huracán Gilberto. Nadie se ocupó de desatascar el enorme casco de la arena; según dicen por aquí, hacerlo resultaría más caro que comprar un barco nuevo. Con el tiempo, este cascarón de nave marina se ha convertido en refugio de gaviotas y enamorados. La vista desde aquí es reconfortante, huele a mar. ¡Me encanta el aroma del mar! Resulta demasiado realista decir que lo produce el sargazo mezclado con microorganismos, en realidad se puede describir mejor como un aroma nostálgico y vivo. Aquí no hay mucho marisco como en otras partes de México, donde las olas rompen en las rocas arrancándoles a cada vuelta el fuerte olor del océano vivo. Aquí todo es más sutil, la arena es la más fina del mundo —eso dicen—, tan fina que no se calienta.

Me parece que mi vida es como esta arena blanca. Es simple, bonita, su finura no le permite ser algo sólido, de peso. Cuando una la pisa nada sucede, no quema arrebatadora, no corta como la arena rocosa del Pacífico, ésa llena de conchuelas que pueden representar la huella de otras vidas rotas que fueron apasionadas, tormentosas y dramáticas.

Sencilla, simple, blanca. La arena refleja el sol, pero no mantiene su calor, no crea ni genera nada por sí misma. Así ha sido mi vida; por ella han pasado personas que ni siquiera pueden recordar que yo estuve presente, porque nada importante aconteció. Existir no basta para trascender; ser madre tampoco. Eso es circunstancial.

Me levanté y bajé del barco, sentí la urgente necesidad de mojar mis pies en el mar, de hacerme una con el agua, tal vez estoy buscando a Dios; dicen que en el mar se le encuentra fácilmente; yo lo ando indagando en su propia creación y no lo encuentro.

Lo que sí encontré en mi cuaderno fue un papel impreso. Lo he leído ya tres veces y no lo puedo acabar de digerir: la Hija de María colocó dentro de mi diario —nadie más que ella pudo haber sido— una oración. La transcribo:

POR UN MORIBUNDO

Oh, Dios, lleno de poder y de amor, que, al decretar la muerte, le abriste al hombre con tu misericordia las puertas de la vida eterna, mira con piedad a tu hija que lucha en agonía, para que asociada a la pasión de Cristo y sellada con su sangre, pueda llegar a tu presencia limpia de todo pecado.

Al leerla me pregunto: ¿tan grave me encontraba cuando me hospitalizaron? Hablaba yo de morirme, lo sé, lo recuerdo... tal vez esa mujer estuvo presente cuando dormía y me escuchó llorar. ¿Por qué me dejó esta oración, por qué no una de esperanza? ¿Por qué leerla me atemoriza y congela el alma?

Tal vez no había pensado en la posibilidad de morirme. Piensa una en el inevitable óbito, pero está tan ocupada imaginándose los arreglos del funeral y viendo llorar a los que la aman, que se olvida de que ya no se va a estar ahí para ser testigo.

Me da miedo la muerte. Mi muerte.

Me niego a no estar viva. Intento recordar lo que sentí cuando falleció mi madre, revivir los sentimientos, busco en la memoria sus últimas palabras, las muecas de su rostro antes del fin; busco mi muerte en el deceso de mi madre y no la encuentro.

Mi muerte no es real, todo lo que está a mi alrededor es vida, ¿cómo puedo entonces hablar, escribir sobre el no ser y no estar si las palabras que derramo en estas hojas son vida en sí mismas? No puedo hablar de ello, no conozco la oscuridad de la no vida. Este Cancún, este mar azul turquesa y esta arena no huelen a muerte, son sólo vida y me impiden pensar en la oscuridad.

Busco la muerte en mi mente, quisiera poder escribir sobre ella, entender que estoy contagiada de ella. ¿Acaso no todas y todos nacemos contagiados de óbito? ¿No nos morimos un poco todos los días? ¿Por qué, si es así, nos amedrenta con tal furia y desasosiego?

Sondeo a la muerte en mi paisaje. Observo la piel de la tierra... la arena suave y clara que la cubre, la protege, se recicla en sí misma para siempre volver a vestir su caparazón. Luego, de cada abrazo arrebatado de una ola que lame la superficie, la arena se vuelve fértil, guarda pequeños organismos que son y dan vida. Después el viento y el sol se unen en la creación, nace una palmera, un almendro a la orilla del mar. Este rincón del mundo lleno de luz no huele a muerte, o tal vez soy yo la que se niega a percibir su presencia.

No estoy lista. Nadie me dijo que debía prepararme para fallecer a los treinta y tres años, sin saber lo que son las arrugas de sabiduría, sin que mis alumnos, ya adultos, vuelvan a visitarme para agradecerme y contarme que fui una luz en su infancia, que dejé una huella perdurable.

No sé cómo morirme y dejar a mi hija e hijo sin madre, sin los cuentos leídos antes de dormir, sin el consomé de pollo cuando tienen gripa. No sé todavía cómo se convierte una en fantasma para no abandonar del todo a sus criaturas. No, no estoy lista para que se olviden de mí, para *desexistir.*

Vuelvo sin querer a la oración del moribundo.

¿De verdad creerá la gente en un Dios así, lleno de poder, de crueldad y amor, tan humano en sus sentimientos? No lo sé, me parece que Dios es un invento de la humanidad, una justificación para no sentirnos solas, solos en el Universo. ¿Qué haríamos sin poder responsabilizar a un ser omnipotente de aquello que somos incapaces de comprender y aceptar como casualidad? Ignoro cómo sería un mundo sin deidades. Aun así, a pesar de las dudas, de mi tendencia al existencialismo, si mis hijos tienen fiebre me descubro rezando devota y con fervor un Padrenuestro o un Avemaría.

Mi madre tenía estampitas de la virgen en todos lados, un crucifijo en su cabecera y, asentada sobre su buró, una Virgen Dolorosa de mirada triste envuelta en un ropón de terciopelo azul marino cargado de *milagritos.* Siempre me atemorizó esa imagen. Una mujer con cara de mártir y lágrimas de porcelana derramadas en su mejilla. Recuerdo. Tendría yo unos cuatro o cinco años cuando pregunté: «¿Por qué llora tu virgencita, mamá?» La respuesta aún hoy día me causa escalofríos: «Llora porque le mataron a su hijo, Jesucristo. Llora por mis pecados y por los tuyos».

Tal vez ésa sea una de las razones por las que no soy una buena católica. Siempre he relacionado lo religioso con la manipulación, la culpa y el dolor. En aquel entonces, cuando niña, pensé que ninguno de mis pecados podía ser tan grande como para provocarle la muerte a un hombre como Cristo, tan joven y hermoso, esa sangre de la frente, las espinas aterradoras el dolor en los ojos, no podrían nunca ser responsabilidad mía... Sigo pensando lo mismo.

Y ahora, ¿quién iba a decírmelo? Me veo copiando una oración llena de dramatismo a través de la cual otra mujer le pide a Dios que yo, Soledad, pueda llegar a la presencia divina limpia de todo pecado. ¿Existirá de verdad alguien que viva y crea en la religión y se considere libre de pecado? Leí en las noticias que existe un grupo de mujeres llamado Católicas por el Derecho a Decidir. ¿No es eso un contrasentido? Si el catolicismo nos ha arrebatado a las mujeres el derecho a decidir, ¿dónde queda el libre albedrío? Si ni los hombres católicos se salvan; leí ayer que un grupo de hombres mexicanos siguen infatigables su denuncia contra el padre Maciel, un santón de los Misioneros de Cristo que violaba niños, entre ellos varios de los que ahora hablan de sus delitos, pero a Maciel lo defiende el Vaticano. ¿Qué historia de pecado habrá detrás de las vírgenes y los santos?

«Todos los hombres son pecadores», decía mi madre. Quizá Carlos sea un pecador y yo decida un día de estos refugiarme verdaderamente en la religión y leerle a mi marido estas y otras oraciones que tengan que ver con los pecados: la lujuria, la mentira, la fornicación. Y entonces él aceptará: «Sí, sí, soy un pecador, perdóname». Y será de él el reino de los cielos porque pidió perdón y yo me quedaré igual, con esta pena hincada en el alma, sin saber a dónde ir, cómo o cuándo, o si quiero perdonarlo antes de que el mismísimo Dios o el Vaticano lo exculpen.

Tendré entonces que averiguar si yo he pecado también por arrojarle la piedra al hombre sin mirarme antes en el espejo. Sí, siempre creí y dije a los cuatro vientos que el amor nunca pide, siempre da. ¿Es pecadora aquella mujer que ofende y toma venganza o es simplemente una humana que se permite desdoblar el alma para entender lo incomprensible?

A estas alturas, frente al mar, ante la noche que empieza a derramarse sobre mi ignorancia, a iluminarme con su luna, no sé siquiera si tengo algo que perdonarle a Carlos.

Es posible que, como dice Carmina, todo sea designio y deba preguntarme «para qué a mí», en lugar de torturarme preguntando «por qué a mí».

La oscuridad ya no me permite escribir. Además, seguramente todos en casa estarán preocupados, un poco por mí y otro poco porque sin mí en esa casa nadie come. Me pesa la carga de saber que las mujeres nos hacemos indispensables para nuestros hijos y marido a través de los alimentos, lo malo es que, cuando ya estamos hartas de su inutilidad hasta para preparar una sopa, es demasiado tarde para arrepentirnos; una tiene la culpa. Les haces todo para que dependan de ti y luego les reclamas su dependencia.

Anoche, cuando llegué a casa, Carlos y los niños habían empezado a merendar gracias a la solidaria vecina; a pesar de que no le he confiado nada acerca de mi situación, estoy segura de que sabe algo, o al menos lo intuye. Es una buena mujer. Le dijo a Carlos que yo había salido a hacer algo muy importante y, tan cariñosa como siempre, trajo frijoles refritos y pan dulce, puso chocolate con leche y hasta calentó tortillas.

Carlos no me preguntó nada más allá de si todo estaba bien. En otro momento hubiera justificado mi ausencia alegando que había estado con Carmina y jamás habría admitido el hecho de haber ido sola a la playa a las siete de la noche. Algo sucede dentro de mí, he adquirido una seguridad que desconocía. «Estuve en la playa», dije, y entré al baño a lavarme las manos y a dejar mi diario. Ahora lo escondo bajo el colchón, creo que ahí nadie lo encontrará, soy la única que hace las camas en esta casa. Ahí está seguro, lejos de los ojos curiosos de mi marido.

Volví al comedor. Carlos inició su perorata argumentando: «¡Qué barbaridad, sola a estas horas en Puerto Juárez!»

Intentó preguntar si soy tonta, si acaso desconocía el peligro que representa para una mujer bonita andar sola a esas horas en la playa. No lo dejé terminar, con voz parsimoniosa y mirándolo de reojo mientras me servía chocolate, le dije que sí, que no me guiaba la tontera sino la voluntad propia, que sabía perfectamente que los actos de cada ser humano tenían consecuencias, que soy adulta y sabía lo que hacía. «Así —recalqué— como también tú has sabido siempre que tus actos tienen consecuencias, ¿o no?»

Mis hijos me observaron con curiosidad, resultaba obvio que no entendían el porqué de mi ironía, así que me limité a sonreír y hablar sobre sus temas favoritos. Carlos guardó silencio.

Noto en su mirada que me desconoce, no me sorprende, yo tampoco sé quién soy.

Antes de dormir, ya con la luz apagada, preguntó si podía abrazarme, asentí con la cabeza, a mí también me hace falta el calor humano. Nos dormimos abrazados, temblé como en las primeras ocasiones en que la pasión nos encendía con sólo mirarnos; sentí ganas de hacerle el amor.

La luz del farol de la calle se filtraba a través de las cortinas verticales cuando desperté en sus brazos tras escasas dos horas de sueño. Podía ver su rostro y la piel morena, un roce de su mano bastó para encenderme como una adolescente, mi cuerpo se acaloró de inmediato; con el sexo húmedo acerqué más mi cuerpo al suyo y estuve a punto de caer en la tentación de besarlo. Despertó. Nuestros ojos estaban tan cerca como la nariz nos lo permitía. «¿Qué sucede?», preguntó, sabedor de que quería montarme sobre él, abrazarlo hasta sentirme dentro de su cuerpo y de su alma.

«Nada —le respondí quedo—, tenía ganas de abrazarte.» Carlos se soltó llorando como un niño, lloró sobre mi pecho y yo me derramé salada sobre su cabello no sé por cuánto tiempo. Hicimos el amor con la pasión y la furia que nace de una tristeza enamorada, para luego seguir llorando hasta sumirnos en un sueño profundo.

Esta mañana, mientras tendía la cama, me pareció sentir el aroma de la tristeza mezclado con la dulzura del sexo emanando de las sábanas, las sacudí afanosamente, pero nada, la melancolía se había impregnado en el colchón y las almohadas. Me senté en la cama, abracé la sábana contra mi pecho y respiré profundamente el aroma.

«Sí, huele a tristeza», me dije mientras lloraba otra vez, ahora sola.

Temprano llamó Carmina. Había metido mi currículum en la escuela del Valle, el director preguntó por qué me había salido de trabajar. Ella dijo que quería un cambio y parecía que me darían el trabajo, pero más tarde le devolvieron la llamada: el director habló con el de la escuela en la que trabajé antes, se enteró de mi «condición», le dijeron que tenía sida. El director no sólo le dijo a Carmina que estaba molesto porque lo había engañado, sino le aseguró que ninguna escuela aceptaría a una maestra *sidosa:* las consecuencias, si los padres de familia se enteraban, podían ser desastrosas.

Carmina, ante la supina estupidez del hombre sobre la realidad del contagio del virus, y en su pasión por defenderme, hasta ignorante le dijo; no logró hacerlo cambiar de opinión. Ni recitándole los derechos humanos de las personas seropositivas logró algo. «Es más difícil romper la barrera de los prejuicios en un hombre que cree que lo sabe todo, que en alguien que se sabe ignorante; la sapiencia producto de la educación formal y religiosa puede ser un lastre para la tolerancia», me aseguró luego Carmina, intelectualizando su frustración.

«Ahora —me dijo con un profundo dejo de tristeza en su voz— tú decides si quieres que te consigamos un trabajo a través de la Comisión de Derechos Humanos en Chetumal, con mi amiga Delia, o si de plano lo dejas por la paz y buscas algo productivo en lo que ocupar tu tiempo.»

Dije que lo pensaría y le agradecí sus esfuerzos, sobre todo el que admitiera ante sus conocidos que tiene una amiga que vive con el VIH a la que quiere y defiende. Su solidaridad mitiga la sensación de abandono que llevo a cuestas.

Mi tiempo, ¿qué hacer con él?

Mi yo maestra dice que el tiempo es la duración indefinida de los seres y las cosas, que está sujeto a cambios continuos. El tiempo —diría en mi clase— es un conjunto de todos los elementos, la humedad, la presión, la temperatura, que caracterizan el estado de la atmósfera. El tiempo es el transcurso entre el que una persona nace y muere. El tiempo es pasajero, es la estación del año o la hora a la que está lista la comida que disfruta una familia. *El tiempo es inefable,* dice el poeta. *El tiempo es relativo,* dijo el erudito Einstein, por lo tanto no es lo mismo ir que venir, ni amar hoy que soñar con amar mañana. Hay quien cree que el tiempo vive metido en un reloj y que mirándolo a cada rato aprovecha una mejor su vida.

El significado del tiempo cambió para mí desde que me enteré de que mi marido me contagió. ME CONTAGIÓ MI

MARIDO, lo escribo con mayúsculas para ver si duele menos, pero las letras hacen más grande mi dolor. Desde entonces el tiempo pasa más rápido; sólo durante mi estancia en el hospital transcurrió lento, como un gigante con pies de plomo que no está seguro si al dar el paso podrá avanzar o se derrumbará destruyéndolo todo en su inminente caída.

Ahora que debo decidir qué hacer con él, transcurre tan rápido que me parece casi imposible seguirle la huella y escribir su camino. Ya no quiero creer en el tiempo, porque si creo en él tendré que recordar que debo preguntarle al médico cuánto tiempo me queda y no me da la gana saberlo. El tiempo se mide para planear el mañana, y el futuro no es más que la ocasión que soñamos tener para hacer las cosas que no hemos hecho hoy. Es, tal vez por eso, que los humanos y las humanas inventamos la medida del tiempo y nos hemos convencido de que el universo se rige por leyes matemáticas. Buscamos la precisión en todo lo que al tiempo se refiere, es por ello que en este momento, en este minuto de mi vida escribo para descubrirme y tener la certeza de qué voy a hacer con el tiempo que vendrá.

Hace unos días fui a consulta con el hermano de Carmina, a los otros médicos ya no quiero acercarme. Cada vez que entro a la clínica del Seguro Social una nostalgia se me derrama desde el esófago hasta el estómago y me provoca náuseas, me recuerda la horrible estancia y no quiero vivir nuevamente ese dolor.

José Luis me recetó un medicamento antirretroviral, puso en mis manos una caja blanca con rayas rojas, resalta el nombre en grandes letras negras: Indinavir, crixivan. ¡Qué nombre tan bonito! Cuando lo escribo pienso en lo musical que suena, una medicina capaz de hacer retroceder un proceso viral, un virus, ¡el síndrome lo provoca un virus y el ser humano ha inventado un medicamento que lo detiene! Impide que el virus del VIH se reproduzca más. Es, según José Luis, una especie de escudo para las células sanas. «Estos medicamentos actúan al bloquear la acción de una proteína creada por el VIH llamada proteasa, que el virus debe tener para reproducirse e infectar células nuevas.» Eso aprendí hoy. Lo que esto significa es que ya mi cuerpo está produciendo la proteína y puede descompensar todo el sistema inmune.

El doctor me explicó tres veces que he de hacerme análisis de sangre cada dos semanas y se debe cambiar la combinación de medicamentos si experimento efectos secundarios graves: si mi carga viral está subiendo, si el recuento de células CD4 está bajando o si desarrollo complicaciones nuevas significativas de la enfermedad del VIH. Las complicaciones incluyen mutaciones, como algunas formas de cáncer. Es su obligación decírmelo todo. Ahora, cuando releo la explicación, recae sobre mí la gravedad, aunque me reconforta pensar que son, según José Luis, muchos los pacientes que mejoran con estos medicamentos.

¿Y si yo soy una de tantas que sufren mutaciones, si me lleno de tumores extraños? ¿Y si todos los efectos secundarios me afectan? No sé. No sé si es mejor dejarlo así, no tomar nada, si será peor aceptar estos medicamentos tan fuertes. Estoy desesperada, ¡qué angustia! ¡Estoy enferma, y la medicina me puede enfermar más!

Acabo de leer lo que escribí, no había notado la falta

que me hace dar clases, la obsesión puede apoderarse de mí, ¿qué hago con todas estas ideas, con la imaginación si no la pongo a trabajar? Tengo que buscar un trabajo, necesito ser útil a otros, duermo demasiado... eso es un claro síntoma de depresión, lo sé. El doctor también recomendó que buscara alguna ocupación. Le platiqué que estoy interesada en el yoga, compartió conmigo los datos de una maestra amiga suya, tal vez vaya a verla, tendré que buscar el modo. En casa nunca ha habido dinero extra para tomar clases de nada, ahora con tanto gasto y análisis de sangre para medir mis células CD4, habrá menos para lo superfluo. Carlos tiene una obsesión por ahorrar, por el control del dinero, mi angustia aumenta, ahora habremos de discutir por los gastos médicos; ¡cómo desearía tener recursos propios y quitarle el poder que le da otorgarme el dinero! Pensaré qué hacer.

Tengo en mis manos la medicina. Es una maravilla este médico, el precio máximo al público es de cuatrocientos cincuenta pesos (dicen que hacerla cuesta treinta centavos y la venden en ¡cuarenta y cinco dólares!) y la obtuve gratis. A través del Seguro Social, sé que nunca la hubiera podido conseguir. Ya las enfermeras de la clínica habían comentado que es política del Seguro dar antirretrovirales, pero no hay presupuesto federal para el tratamiento específico del sida. Según una de ellas, al gobierno le conviene que se mueran pronto los pacientes, mantenerlos vivos resulta muy costoso. «Ningún gobierno quiere ser el que más enfermos de sida tiene en su país», dijo la mujer chaparrita y gorda. «Imagínate tú qué papelón, si ya tenemos suficiente con ser el más corrupto y con cuarenta millones de pobres.» La otra enfermera se molestó, aseguró que todo se resume en falta de presupuesto, que lo mejor sería no permitir los monopolios de la industria farmacéutica; las dejé hablando, sólo me falta comenzar a preocuparme por los monopolios farmacéuticos.

Tal vez tengan razón; aunque resulta un poco simplista la causa por la que no entregan antirretrovirales en las clínicas del gobierno, en lo personal creo que es más bien porque no hay una política pública realista sobre la cantidad de personas que viven con el virus de inmunodeficiencia, o con sida. Si los del Conasida me preguntaran si hay sida en mi hogar, ni loca que lo admito públicamente. A lo mejor por eso en nuestro país no hay estadísticas, porque si las hubiera tendríamos que confrontar la realidad, y la negación es un activo nacional.

Aquí estoy yo como el paradigma de mi propio discurso; tengo un mes negando la realidad, huyendo de la mirada de Carlos, enojada con el mundo, pensando cómo habría sido todo si yo hubiera tenido conciencia de la problemática y, sin alardes moralinos, usado condón con mi esposo. Imagino que somos la generación que no entendió ni admitió la realidad del sida, que guardó silencio y prestó oídos sordos a la advertencia. Fui como todas las demás, siempre creí que eso les sucede a otras, nunca a mí... Sin embargo, tengo semanas ardiendo en rencor contra el hombre que me contagió, soy su víctima, pero él también es víctima de nuestros preceptos de fidelidad, de los estigmas morales que hemos compartido. Él es víctima de su estupidez y de una sociedad que da valor a los hombres en función del ejercicio promiscuo del sexo, que les exime de responsabilidad en el uso de métodos anticonceptivos, siempre es la otra quien debe cuidarse, estar sana, no contagiarle (en este caso *el* otro. ¡Dios mío, qué rareza!) ¿Sería *gay* el muchacho o estaría experimentando como Carlos? ¿Por qué no se cuidaba? ¿Por qué demonios ninguno se puso condón?

Me duele la cabeza: es el enojo, la rabia contenida.

Mientras tanto ¿qué hago yo? Escribir la historia con la esperanza de que se vaya, que una vez salido de mi cuerpo, de estas manos y la tinta, todo se convierta en una falacia. Sueño con despertar y saber que no es cierto, que nada de lo que sucede es real, que estoy leyendo una novela y me parece verídica. Pero en el fondo sé que cualquier tarde la realidad me dará una bofetada y vuelvo a la escritura sin saber para qué.

Son las dos de la madrugada. Estoy sentada en la cocina con un té de tila en una mano y la pluma en la otra. No sé por dónde comenzar. Esta tarde fui al grupo de autoayuda para personas seropositivas, tomé la decisión después de leer lo que había escrito en los últimos días. «Soledad, agarra al toro por los cuernos», dije, y actué en consecuencia.

Subí hasta el último piso del edificio ubicado en Avenida Chichén Itzá tal como lo indicaba la tarjeta que me diera el médico. En la recepción un muchacho muy femenino, quien dijo llamarse Eliseo, me miró sosegado mientras yo hablaba atropellando las palabras. «Vengo a escuchar la sesión, explicaron que podía asistir de oyente», dije, reiterando la necesidad de mantener la distancia entre mi privacía y los desconocidos, cosa que no extrañó demasiado a mi anfitrión. Eliseo ofreció una silla destartalada y aclaró que la sesión del grupo daría comienzo en unos momentos más, dicho lo cual salió sin siquiera mirarme.

Observé el lugar. El piso entero estaba vacío, se escuchaban murmullos a través del muro falso atrás de mí. Por las ventanas abiertas entraba la humedad, el calor y el sonido de los autos circulando de un sitio a otro sin que sus conductores supieran que, en ese edificio semivacío, subía y bajaba el miedo buscando un sitio seguro para esconderse. Más allá del viejo escritorio de formica café, un montón de papeles y un letrero hecho de cartulina blanca que decía «Asociación para la prevención del sida y apoyo a seropositivos», no había nada. Se escuchaban voces procedentes del cuarto de junto; no pude distinguir lo que decían, pero eran casi todas masculinas. Me sentí fuera de lugar. «¿Qué hago aquí?», pensé. «Mejor me voy a la casa y llamo a Carmina, buscamos algún trabajito de lo que sea y ya está, a mí no me hace falta esto de los grupos de autoayuda, no voy a contarle mi vida privada a nadie. ¿Quiénes son ellos para ayudarme?»

Estaba sumida en mi diálogo interno, pegada a la silla sin saber qué hacer, cuando Eliseo salió a mi encuentro nuevamente. «Pásale, pásale, manita, ya vamos a empezar y te vamos a presentar a todos los hermanitos.»

El cuarto al que entramos estaba más arreglado, lo subdividía una especie de biombo de madera color natural. Había alrededor de veinte sillas acomodadas en círculo, me senté con la mirada baja, lo recuerdo porque veía mis zapatos y uno a uno fui recorriendo el calzado de todos los que estaban sentados. «Sólo dos mujeres», pensé. «¿Por qué tantos hombres si los hombres nunca van a nada que tenga que ver con sus emociones?» La voz de un varón interrumpió mis pensamientos, levanté el rostro para mirarlo: estaba sentado con las piernas cruzadas, se identificó como el psiquiatra y dijo que nos ayudaría a conducir la sesión. Su cabellera negra denotaba un tinte corriente, el bigote tupido impedía verle con claridad los labios, había algo raro en él, no podría precisar qué era, pero sus movimientos, su voz, pero sobre todo sus ojos como canicas cafés… ¡Un cuervo, claro, eso es, me recordó a un cuervo, que no sabes si se abalanzará para atacarte o saldrá volando ignorándote!

El tipo explicó la importancia de darnos cuenta de la magnitud de nuestro problema y pidió que empezáramos a expresar nuestros sentimientos con libertad. «Lo que aquí se dice, aquí se queda», dijo, mostrándonos las palmas de sus manos, como asegurando que no llevaba en ellas nada que esconder. Me invadió la desconfianza.

Mientras el psiquiatra hablaba, lo miré a los ojos; algo en él me incomodó y no supe bien a bien qué. De pronto interrumpió el silencio un muchacho trasvesti: el cabello pintado de güero, exceso de maquillaje en el rostro (Angel Face, quise suponer, por el tono rosado y artificial), los ojos con rímel y un poco de sombra azul celeste. Se puso de pie y comenzó a hablar moviendo la mano derecha llena de anillos y pulseras de colores estridentes.

Me sentí fuera de lugar mientras el joven, o la joven —ignoro cómo debe decírseles—, hablaba acerca de cómo se había visto juzgado por su enfermedad en varios lugares. Se escucharon comentarios como: «Sí es cierto», «Se siente regacho» o «Es la pura neta, nadie quiere aceptarnos como somos». Un escalofrío me recorrió el cuerpo cuando el doctor se acercó a uno de los muchachos que había comenzado a llorar, la forma como lo abrazaba me sorprendió, entonces caí en la cuenta de que el doctor, como la mayoría de los jóvenes que estaban allí, era homosexual, pero no sólo eso, sentí que utilizaba su posición de superioridad como terapeuta para acercarse demasiado a los jovencitos.

«Qué es esto, qué hago yo aquí», pensé, y debo haber hecho un gesto de horror porque otro de los chicos me tomó la mano y murmuró su nombre al tiempo que me preguntaba si yo tenía algo que compartir con el grupo.

Apenas pude hablar, no sabía qué hacer, dije que no, que era nueva, lo único que alcancé a revelar fue que mi esposo me había contagiado. A nadie pareció importarle la confesión. Una muchacha morena, como de unos veintitrés años, se levantó en ese momento y empezó a contar con furia —mientras lloraba— cómo los vecinos de la región en la que vive la apedrean cuando llega a su casa y a su hijita le dicen que sus padres son unos sidosos.

La historia sonó desgarradora, el esposo empezó a participar y relató cómo le entró a golpes al vecino que insultó a su mujer. Ambos se develaron llenos de resentimiento, de odio; sus ojos mostrando enojo y coraje hacia el mundo. Apenada, escondí el rostro entre mis manos. «¿Así estoy yo, así de resentida? ¿Se me nota el odio en los ojos como a esta muchacha?», recuerdo que me pregunté en silencio. No supe qué responder. Nada más cruel que la verdad cuando no la llamas.

La sesión me pareció interminable, la encontré patética, no llegaron a nada, nadie dijo algo positivo o al menos reconfortante. Fue mirar y escuchar a un grupo de gente llena de ira y rencor hacia la sociedad, sentarse a retroalimentar sentimientos negativos; una vorágine, una ráfaga de balas de dolor perdidas en un cuarto diminuto haciendo daño a quien estaba dentro. De pronto, tuve una certeza... ellos son los discriminados de los discriminados, no solamente viven en un país que niega la sexualidad y aborrece a las personas con VIH, sino en una patria que cierra atemorizada la puerta del clóset. Una ciudadanía dispuesta siempre a desconocer la diversidad sexual, a engañarse sin medida, mi país condena sin piedad a las personas diferentes. No quiero volver a estar ahí, entre ese dolor ajeno, lo desconozco, mejor así, ya es suficiente este miedo propio, no quiero conocer el de aquellos, aquellas habitantes de la isla del ostracismo sexual. Es demasiado para mí.

El personaje extraño, el psiquiatra, no hizo sino consolar a todos, no les pidió reflexionar o buscar caminos de paz, a algunos les tomaba la mano con dulzura y a otros los abrazaba, eso fue todo. Tuve la impresión de que consolaba sus propios miedos.

Salí de allí con infinidad de dudas sin resolver y con una estocada de angustia en el abdomen. Recuerdo a otro muchacho, flaco hasta los huesos, cuyo nombre en femenino mi mente no registró. Contó con lágrimas en los ojos que había estado dos semanas en el hospital al borde de la muerte, enlistó una serie de enfermedades que aún padece, se quejó del maltrato por parte de los médicos, y dijo que le urgía dinero para unos medicamentos. Me conmoví al comprender que sabía perfectamente a lo que se refería y no pude evitar sentir lástima por él.

Lo miraba enternecida, cuando de pronto otro joven aparentemente muy sano y hasta regordete, lo confrontó levantando la voz. Dijo que ya no los iba a engañar, que la última vez que le ayudaron con dinero lo había usado en coca. «Te lo gastaste en pericazos, ya lo sabemos, ni lo niegues, ¿qué crees que somos tus pendejos? ¡Nosotros también estamos enfermos!», espetó furioso el muchacho robusto. «*Pus* la neta es que sí, pero también tienen que entenderme, hijos, si ya me voy a morir por lo menos que sea alivianado, ¿no?» Cuando respondió su gesto era otro, me alarmé y me sentí descontrolada. ¿Dónde estaba la mirada dulce del otrora doctor Jekyll, ahora convertido en un Hyde violento? Se armó entonces una discusión y el grupo se salió de control. Me levanté en silencio y corrí hacia la salida, con el pecho sofocado por la angustia.

En el cubo de la escalera me topé con una mujer de unos cuarenta años quien me miró con ternura. «Es tu primera vez, ¿verdad?», dijo. «Sí», contesté, nerviosa como una niña de escuela pillada en falta. Por un momento mi mente asustada me hizo creer que la mujer diría: «Pues regresas allá adentro». Caí en la cuenta de mi estupidez, nadie podía forzarme a nada, estaba ahí por voluntad propia, soy una adulta que puede ir y venir a su antojo. La mujer esperó a que recobrara la compostura. «Yo ya no pienso regresar, no hasta que hagan otro grupo», dijo para mi asombro.

«No es que tenga nada contra los *gays,* la verdad es que no me afecta su preferencia sexual, pero tienen problemas demasiado profundos, sus cargas psicológicas son muy fuertes, y nosotras, la gente normal —dijo bajando la voz y levantando las cejas—, sólo queremos resolver nuestra tristeza, la depresión o confrontar la muerte. En cambio… ya los escuchaste, cuando no son drogas, es algún asunto pasional entre ellos, parece que se van rolando en el grupo, muchos han sido pareja e incluso han contagiado a los otros, algunos son *chichifos»*, fue casi deletreando esta palabra para darle énfasis. «Hay demasiado rencor, su lucha, a diferencia de la nuestra, es contra los prejuicios sociales, no sólo por la enfermedad, sino por el estigma de ser la causa del mal y recibir el castigo. Es por eso que solicitamos que haya sesiones *gay* y normales.» Hizo un alto en su perorata para respirar.

«Te veo muy nerviosa», retomó la palabra. «Si quieres, la semana que entra date una vuelta y pregunta por Adriana, soy yo —me tomó la mano forzando un saludo de presentación—, y por las sesiones normales, estoy segura de que te sentirás mejor.» Le di las gracias y bajé las escaleras con prisa, como si la esperanza me estuviera aguardando afuera, bajo la luz del día.

En el taxi, camino a casa, asombrada ante la homofobia disfrazada de compasión de la mujer, me di cuenta de mis propios prejuicios, los asumí por el momento, así es la vida.

Moría de ansiedad por contarle a Carlos mi horrorosa experiencia. Tenía ganas de recordarle lo que yo siempre he dicho: que hay que ser respetuosa de los seres diferentes, y cada quien su vida. A mí no me parecía mala la homosexualidad en sí misma, mas ahora, esta tarde, en ese cuarto, rodeada de hombres actuando abiertamente como extraños remedos de mujer y sólo algunos otros con apariencia varonil, como si nosotras no existiésemos y el sentimiento amoroso fuera privativo de los hombres, me sentí confrontada por un mundo ajeno. Pensé en Carlitos. ¿Qué le diría acerca de la homosexualidad? Cuando me lo preguntó, el año pasado (porque en la escuela corrieron a un profesor que reveló su homosexualidad), le respondí que era una de las diversas expresiones humanas, que la diferencia no los hacía ni mejores ni peores personas, pero no le recomendaba acercarse a ninguno que le hiciera ofrecimientos extraños. En la escuela tuve amigos *gays,* todos hombres inteligentes y adorables, nunca me sentí incómoda, ni siquiera cuestioné nada: los acepté tal como eran, incluso llegué a desearles que encontraran la felicidad a su manera, pero ninguno actuaba como éstos, suplentes de lo femenino que parecen despreciar, pero asumen.

¿Soy una hipócrita? No lo sé, tal vez sí, pero me daría terror pensar en cualquiera de esos jóvenes acercándose a mi hijo para ligárselo. Uno de ellos platicaba sobre su primera experiencia sexual, a los trece años: un hombre de mediana edad se lo llevó a tomar un helado y lo sedujo. En cierta forma lo convenció de su homosexualidad. «Él me hizo ver que yo era *gay»,* dijo a su amigo. Eso me llevó a pensar... a esa edad, eres incapaz de definirte y cabe la posibilidad de que alguien mayor pueda hacerlo por ti. Mis amigos sabían de su homosexualidad desde pequeños, esas conversiones súbitas yo no las conocía. O no serán conversiones y hay gente que es simplemente bisexual y lo descubre y se asume y ya está. ¿Será posible?

No, en definitiva, si el día de mañana me pidieran los muchachos del grupo contra el sida que marchara con ellos en defensa de sus derechos, no lo haría. Una parte de mí dice sí, tienen derechos humanos, derecho a actuar en lo privado como mejor les plazca; la otra me indica que al hacerlo público, al aceptar marchar con hombres trasvestidos, justifico ante mis hijos que ser homosexual es bueno y eso no es verdad, lo acepto en otros, sí, pero en mi hijo no. Si

Carlitos fuera homosexual desearía con toda mi alma que actuara como un hombre normal en público, que en privado se enamorara y fuese feliz con otro varón, segura estoy de aceptar su vida en pareja con otro hombre, pero no que se convirtiera en un remedo de mujer. Si hubiera vivido en tiempos de Aristóteles otro gallo nos cantaba, en la antigüedad no había rechazo alguno a la bisexualidad, ni a la homosexualidad. Los grandes pensadores, los grandes poetas, la poeta Safo de Lesbos... tenían amantes de ambos sexos, pero eso es el pasado. Nuestra sociedad no lo acepta, no puedo imaginar un sufrimiento mayor para un hijo mío que el ser rechazado por no ser lo considerado normal. Me avergüenzan mis propias palabras, son ciertas y son mías, reniego de haber sido estigmatizada, sin embargo, pongo la marca y rechazo a otros humanos. ¿Seré un monstruo, una hipócrita?

No pude contarle nada a Carlos. Pensé narrarle todo, hablar como lo hemos hecho otras veces sobre asuntos morales y sociales que generan reflexiones profundas, de los cuestionamientos que me hago. Quise sentarme con él y platicar como antes y escucharle decir: «Tienes razón, igual me siento yo». Caí en la cuenta de que no es cierto, él siempre me aseguró lo mismo y mantuvo una relación homosexual. Mi esposo estuvo en los brazos de un hombre, compartió una pasión que no conocía, que no le era permitida, que en teoría nunca, ni siquiera en sueños, se le habría ocurrido experimentar.

Descubrí junto con mis prejuicios que un abismo me separa de Carlos, él vivió cosas que lo hacen diferente a mis ojos, a mi corazón e incluso a mi sexo. No le conté nada, sólo lo escribo y, leyendo mis propias palabras, descubro estos sentimientos. Estoy sola. Me siento más desolada que nunca.

He de reflexionar en cómo me educaron y en la forma en que quisiera que mi hijo e hija vean el mundo al llegar a la edad adulta. Yo soy lo que dijeron que debía ser una buena mujer mexicana, y no estoy segura de gustarme a mí misma, puesto que rechazo a otros por ser diferentes. Exijo no ser discriminada, sin embargo discrimino y hallo justificación. ¿Hay remedio? ¿Hay salida? Mi hijo, mi niña, ¿tienen derecho a una educación diferente? Los abandonaré en un mundo imperfecto, injusto.

Hace más de tres semanas que estoy enferma, no he podido escribir. Se me dispararon una serie de enfermedades, según los médicos mis células CD4 están por debajo de las doscientas, eso significa que mi sistema inmunológico está en niveles altos de sida, no deciden aún si la inflamación del hígado y las diarreas son efectos colaterales del antirretroviral o si ya tenía el problema y de repente se exacerbó. Mi conteo de glóbulos blancos está bajo, así lo resumió una enfermera.

Extraño a José Luis. Se fue a China a tomar un curso de acupuntura. Siento un gran abandono sin sus ojos sabios y su voz tranquilizadora que siempre responde a mis preguntas, por tontas que parezcan. Son varios los males y los síntomas que me abruman, tantos que agota siquiera pensar en escribirlos, los peores son la micosis digestiva y el herpes en la boca; he bajado de peso, ahora sí parezco enferma. La micosis es horrible, ocasiona fuertes dolores, náusea y diarrea. Fue imposible comer durante dos semanas, sólo pude tomar líquidos, algunos días incluso los sobreviví bebiendo suero. Nadie me daba nada para sanar, al menos para atenuar estos síntomas desesperantes; ante mi llanto, las enfermeras decían que no había cosa alguna por hacer.

Apareció Carmina en el hospital, Carlos le pidió que viniera. Trajo su menjurje naturista: jugo de pepino con cáscara, zanahoria y betabel. Resultó ser una maravilla para el herpes bucofaríngeo, lo tomé sin problema y sentí un gran alivio. Las manos de mi amiga acariciando mi frente y peinando mi cabello fueron un bálsamo.

Pero a pesar de todo, ¡me siento sola!

Lloro mientras escribo estas líneas... debido a la infección no podía usar el cómodo, por lo que me pusieron un pañal y las enfermeras no se ocuparon de cambiarlo en dos días. La debilidad, los sedantes y el cansancio no me permitieron que pudiese hablar y mucho menos levantar la voz. A ratos las fuerzas abandonaban mi cuerpo casi por completo y de mi boca sólo salían murmullos que nadie escuchaba. Esa tarde Carlos llegó tranquilo. Cuando se acercó y percibió, por la pestilencia, que no me habían cambiado el pañal, comenzó a alterarse; revisó cauteloso debajo de las sábanas, despegó el pañal y acto seguido salió furioso en busca de la enfermera de turno. En la estación las responsables lo ignoraron por completo, elevó tanto la voz que alcancé a escuchar sus reclamos y hasta las amenazas e insultos que profirió en contra de quien quiera que se acomidió a responderle. Regresó minutos después con una palangana, esponja, champú, pañales y una pomada para rozaduras de bebé; retiró la bata luida y amarillenta y se dispuso a darme un baño. Al retirar el lienzo protector y descubrir que el pañal sucio y la acidez de los medicamentos me habían llagado los genitales, el ano y parte de los glúteos, se puso a llorar como un niño. Hizo un esfuerzo por recuperarse y centrar la atención en sus manos que con devoción y ternura ejecutaban la difícil y pesada tarea de asear y brindar consuelo a su esposa. Lo hizo con tanto cariño que me pareció amarlo de nuevo.

Intenté bromear con él, lo más que logré murmurar fue un gracias, casi inaudible. El cansancio me obligó a permanecer en silencio. Recordé que cuando nacieron Carlitos y Mireya dijo varias veces: «Pídeme lo que quieras menos que cambie pañales, nunca lo voy a hacer, ¡muero del asco!» Ahora, pasados unos días, pienso que el suyo fue un acto de amor, y siento dolor por no haber estado en condiciones de hacerle saber que lo percibí como tal.

Sentí ser un desecho entre mis desechos, lo medito y me siento invadida de rabia y coraje. ¡Qué sentiría el secretario de Salud de Quintana Roo si su madre hubiera tenido que pasar por lo mismo! Cuando pude hablar y referirle al doctor lo que sucedió, las enfermeras se justificaron alegando, como si nada, que no habían surtido pañales para adultos, la culpa no era de ellas.

Desde ese día noto ojeroso a Carlos, creo que aceptó que en verdad estoy enferma.

Viene a ratos y toma mi mano, platica algo sobre el hotel, que si la temporada alta lo tiene trabajando como un loco, que si están furiosos los hoteleros porque no van a poder dar conciertos en sus *lobbies,* porque desde la entrada de Borja a la Oficina de Visitantes y Convenciones, el festival de jazz es una porquería, «ese festival que tanto te gusta amor», me dijo. Así siguió, hablando nimiedades, vi su rostro y sus labios moviéndose, sus palabras ya no interesan, sólo su presencia. Luego lo escucho de nuevo y descubro qué importante es para él que yo valore su trabajo. Me cuenta que vino su madre desde Veracruz. Está con los niños en casa; es un alivio pensarlo, es una buena abuela, le encantan mi hija y mi hijo y ellos la adoran. Como buena veracruzana es alegre y dicharachera. Se le critica por feminista y liberal. Cada vez que viene a Cancún suelta sus rollos; eso genera conflictos internos conmigo, algunas veces me divierten, otras los encuentro demasiado pesados.

Para Carlos es bueno que su madre esté aquí, lo ubica. Es extraño que la haya llamado, le pregunté si le contó a su madre.

«Sí», dijo, bajando la mirada.

«¿Pero le contaste todo?», pregunté incrédula.

«Todo. Ella no quiere venir al hospital hasta que tú pidas verla, además, dice que se está preparando emocionalmente, quiere ayudarte, ya la conoces, con sus cosas raras como el reiki y la meditación. Dice que está contigo de corazón. Lo que me preocupa es qué les vamos a decir a los niños, ya no puedo seguir diciendo mentiras. Ayer Mireya llegó al cuarto como a la una de la madrugada, se metió a la cama y preguntó llorando: "Papi, ¿se va a morir mamita?"»

«¿Qué le contestaste?», pregunté con una tristeza seca entre los labios.

«¡Pues, le respondí que no! Se abrazó conmigo y me dijo que había soñado con su abuela María y que en su sueño ella le dijo que se iba a llevar a su mamá.»

No quise preguntar nada más, me limité a cerrar los ojos. Luego de un rato me quedé dormida y él se fue.

Tenemos que hablar con ellos, no sé qué decirles.

La verdad. Dice Carmina que hay que hablarles siempre con la verdad. ¿La verdad completa o a medias? ¿La de Carlos o la mía? ¿En ella incluyo el rencor por su padre, la incapacidad para perdonarlo a pesar de que hace todo por acercarse a mí? ¿La rabia por verlo sano y trabajando como si nada hubiera sucedido en su vida, mientras es él el que contagió este cuerpo, mientras él también anda cargando con el virus en la sangre, pero no lo sufre como yo? ¿Se vale acaso decirle a mi hija que cuando crezca no confíe en los hombres porque la pueden contagiar de VIH y por ello voy a morir yo, o al menos por alguna enfermedad consecuencia del síndrome? ¿Se vale ser dramática hasta el extremo? ¿O es mejor sólo contar una parte de la historia, decirles una verdad a medias que los consuele? ¿Qué será más justo para mis criaturas, saber toda la verdad y darles herramientas para confrontarla por el resto de sus días, o simplemente decirles un poco para que se conformen con una muerte fuera de tiempo? ¿Quién sabe qué decirles a dos criaturas tan pequeñas acerca de la muerte, del sida, de la monogamia, de los condones en el matrimonio?

Toda la teoría que he escuchado o que he leído no sirve para nada, nadie sabe cómo hablar de la *pandemia del siglo.* Sería mejor ignorarlo todo, como mis bisabuelos en Portugal, se les murieron ocho hijos cuando llegó la peste con la Primera Guerra Mundial. Así nomás: llegó la peste y se los llevó uno por uno, nadie hablaba de bacterias o virus. La bisabuela lloró como una Dolorosa la muerte de sus hijos, luego tuvo otros dos y a ésos los cuidó como si la peste estuviera a la vuelta de la esquina, vivió temerosa toda su vida.

Y mis hijos, ¿tendrán otra madre? ¿Se volverá a casar Carlos? ¿Le confesará a alguna mujer que es portador del Virus de Inmunodeficiencia Humana —así, con mayúsculas— y ésta lo amará hasta la locura de decirle: «No importa, te amo igual»?

No quiero dejar pasar un día más sin escribir, me parece que este tiempo que no pude hacerlo la vida no transcurrió en realidad. Los acontecimientos se mezclan en la mente, en mi memoria, en mi alma, se confunden entre ellos. Siento que se confabulan en un sabotaje interno para obligarme a perder la cordura, como si la psique quisiera no mantener orden alguno entre lo que le sucede a este cuerpo y al espíritu que lo habita, todo con el fin de confundir, de traicionar, de hacerme caer en la demencia, en la depresión y la locura de un mundo irreal en el que ya no sentiré soledad alguna.

Esta mañana, a las diez, vino la salvadora, no ha dejado de pagar su visita un solo día, incluso cuando estuve muy mal recuerdo haber escuchado entre sueños su voz leyendo la Biblia, haciendo énfasis en las palabras de Jesús o de san Lucas.

De alguna manera (esto nunca se lo diré a ella), aunque aborrezco sus razones, me agrada saber que alguien estuvo ahí mientras luchaba contra mis propios demonios y contra las imágenes que me provocaban las drogas.

En esos momentos su voz fue una cuerda que mantuvo atada la imaginación y la realidad; tal vez, incluso, el enojo que me produce su estudiada benevolencia fue lo que impulsó la fuerza para mantener mi mente clara, para no caer en el abismo de mis miedos, para no ver la cara de la muerte. Aún no estoy lista para irme.

Quedaron algunas frases en mi memoria: Mateo dijo: Al que quiera pleitear contigo para quitarte la túnica, déjale también el manto; a quien te fuerce a caminar una milla, acompáñalo dos.

Recién se fue la redentora llegó mi suegra. ¡Qué mujer tan hermosa! Tiene la piel suave y su rostro está siempre dibujado de una sonrisa pintada de carmín. Me atrevería a afirmar que fue una mujer muy sensual en su juventud. Sin hacer el menor esfuerzo por ganarse el cariño de nadie, se da a querer con facilidad. Trajo un ramo de alcatraces, sólo entonces descubro que son las primeras flores que recibo. Nadie pensó antes en traerme flores, pero Paula sí, ella siempre sabe lo que le hace falta a una para sentirse bien, y se acordó de los alcatraces, las flores de Frida, la pintora atormentada que me encanta.

Estuvo casi dos horas conmigo, hablamos de todo, lloramos juntas, me dio mi baño de esponja y se ganó a la enfermera. Hizo lo que a Carlos nunca se le hubiera ocurrido. Él las odia, se pelea con ellas cada vez que viene, en cambio su madre sabe negociar. Le trajo a la enfermera, sin conocerla, por supuesto, envuelta en un estuche una medallita de no sé qué santo; le agradeció por cuidar a *su hija,* le dijo que nunca se sabe lo que le pueda pasar a una misma, que el que da, más tarde recibe: «Todo es compensado en la vida», le aseguró con mirada convincente. ¡Es brillante mi suegra! Desarmó la coraza de mi enemiga, le dio un amuleto contra su miedo, ¡qué maravillosas las madres que hacen cualquier cosa por sus hijas!

Hablamos de tantas cosas que desearía poder escribirlas, mi mente se llenó de ideas nuevas, me trajo energía, no quiero perderla. Platicamos sobre Mireya y Carlitos, admitimos que ya no puede pasar más tiempo sin que hablemos con ellos.

Carlitos llegó de la escuela llorando, unos amigos le dijeron que su mamá era la maestra sidosa. Él se entró a golpes con dos de ellos, pero en el fondo, según Paula, los niños saben que hay algo de cierto. No es justo mantenerlos en la duda. Hemos de confrontarlo.

«Es decisión tuya y de Carlos —dijo respetuosa—; si puedo ayudar en algo, tú sabes que estoy con ustedes, hija. No hay forma posible de hacer buena una noticia mala. Lo importante es saber cómo lo quieren manejar. Anoche estuve hablando con Carlos, él quisiera decirles que tienes cáncer, dice que la gente tiene tantos prejuicios sobre el sida que tus hijos pueden sufrir las consecuencias. Yo no estoy de acuerdo, pienso que merecen que se les hable con la verdad. También pienso que mi hijo está aterrorizado, porque decirles la verdad implica que tarde o temprano se enteren de que el culpable de tu dolencia es él, y no está preparado para asumir su responsabilidad.»

Lo cierto es que Paula no deja de sorprenderme. ¡Siempre vestida de franqueza! Lloré mucho con ella. Después de Carmina, es la primera persona con la que me dejo ir, a la que le cuento lo que pasa por mi mente y mi corazón, en quien vacío mi desconsuelo sin temores.

Le confesé incluso el enorme rencor que le guardo a Carlos, que me parece inevitable culparlo de mi padecimiento.

A veces pienso que tengo cáncer. Si lo tuviera, todo sería distinto. No culparía a nadie (nadie es culpable de un carcinoma, ésa sí es una enfermedad digna). Incluso los metafísicos piensan que una misma es capaz de provocarse una dolencia autodestructiva y por tanto también es capaz de hacerla desaparecer.

Pero no, lo mío es un maldito virus que se contagia por vía sexual, es un síndrome que dejará dentro de unos años a gran parte del orbe sin mujeres y hombres adultos, un mundo habitado de niñas y niños huérfanos y ancianos abandonados.

No puedo evitar pensarlo: por un momento de calentura, mi esposo, el que juró fidelidad, el hombre a quien más he amado, mi pareja, mi otro yo, me contagió de muerte, y yo no usé el preservativo para evitarlo.

Y aquí estoy, tirada en una cama, en plena juventud, angustiada por cómo decirles a mis criaturas que los dejaré, cuestionándome si deben saber que su padre fue quien me contagió, ignorando qué tan importante es que sepan que su madre tiene sida, sin saber qué contestarles cuando pregunten si es inmoral la infidelidad o la bisexualidad repentina de su padre; si acaso existe la moral en asuntos de vida o muerte, o si es ilícito que una mujer casada exija a su esposo que se ponga un condón. Qué tal si cuestionan si no hemos sido tontos o pueriles al creer que estábamos libres de tentaciones.

Yo misma no lo sé. Me pregunto si la sociedad nos convenció a las mujeres de que la infidelidad es inmoral y después nos dio la religión católica para que conociéramos la culpa. Todo para mantenernos fieles a nuestros hombres, mientras ellos, respaldados en su teoría antropológica de una naturaleza masculina polígama, disfrutan siendo infieles y se justifican ante su incapacidad para ser monógamos.

¿Acaso las mujeres nacimos monógamas? ¿Lo nuestro es putería y lo suyo naturaleza? ¿Le doy la versión masculina a Carlitos y la feminista a Mireya?

Hablar con mujeres como mi suegra es una delicia, ¡es tan distinta a mi madre! Si mamá viviera estoy segura de que no la toleraría, Paula confrontaría todos sus esquemas femeninos. A mi madre le gustaban las tradiciones, lo que era tangible. Era amante del orden y su frase favorita: *Porque así son las cosas.* En cambio Paula habla siempre de la transformación del universo, se sumerge en reflexiones profundas, practica la meditación, se sabe la Biblia de memoria, al igual que las enseñanzas de Buda. Es una mujer llena de sabiduría.

Quisiera imaginar mi vida si ella hubiera sido mi madre. Entonces, me figuro que yo sería como mi cuñada. Ella vive en Nairobi y trabaja con las comunidades negras, ha dedicado años de su vida a elaborar un estudio antropológico social sobre el desarrollo de la mujer africana. Tal vez yo andaría libre por el mundo, y leería fervientemente a Marcela Lagarde. A lo mejor tendría mi grupo de mujeres feministas y no me hubiera casado. Tal vez viviría en unión libre con algún hombre evolucionado que no creyera en los asuntos de la sumisión y los roles preestablecidos. Le dije todo esto y se moría de risa.

Dijo que no, que ella cree que yo sería la misma que soy ahora, eso sí, con menos prejuicios y más liberal conmigo misma. Dice que a través de mis ojos ve mi espíritu y que a ella le gusto tal como soy, que la hace feliz que me haya casado con su hijo.

Cuando me dijo que no se imagina a su hijo con otra

persona, me hizo llorar… al menos no felizmente casado como lo está conmigo. Y lo dijo a pesar de que le confesé mi rencor por Carlos y lo responsabilicé de mi enfermedad.

Llegó el médico y le dio indicaciones a Paula. Ella se comportó como si fuera una experta en materia de medicina, pude escucharlos en el pasillo, casi durante media hora estuvieron hablando; sólo oía el murmullo de su voz, pero pude percibir la tristeza y el aplomo de la madre de Carlos allá afuera haciendo preguntas al médico. Me sentí segura, cuidada por una mujer fuerte y valiente. Mi corazón se despojó de un peso que venía doliéndome desde hacía días, sentí el pecho más ligero; me percaté de que podía dejar que alguien se hiciera responsable de mi salud, de mi hogar. Comprendí que en realidad no estaba sola; al menos no tan sola.

Mañana vuelvo a casa, estoy asustada, intentaré dormir y no pensar en nada. *A cada día su propio afán,* decía mi madre.

Es viernes y los niños están en la escuela. La casa está impecable. Incluso huele distinto. Paula se ha hecho cargo de todo. Sin consultar a Carlos contrató a una trabajadora doméstica. «Mira, mi reina —dijo parsimoniosa y convencida—, esta vida se vive una vez. Si tienes dinero para que alguien te ayude, ¿para qué demonios quieres hacerte la supermujer? El dinero sirve para eso, además, míralo desde este punto de vista, le das trabajo a otra mujer y le ayudas a mantener su hogar.»

No objeté nada. Debo confesar que, en el fondo, me sentí invadida, mi territorio estaba ocupado por otras mujeres, incluso los líquidos limpiadores para trapear el piso tienen un aroma distinto; mi casa ya no es tan mía, me quitaron el poder de ser indispensable, si no tengo ya la energía para atender a la familia, la invasión me molesta igual, aunque nunca diré nada. Es absurdo, las mujeres somos terriblemente territoriales con el hogar; ¿será la educación o la naturaleza?

Sobre la mesa de la cocina encontré un gran arreglo floral de colores alegres, parecía como si quien las envió hubiera deseado que sintiera la primavera a mi llegada. La tarjeta me arrancó unas lágrimas silenciosas. Carmina, siempre con sus detalles y sus versos de Sabines. Le encanta obsequiar cartas breves con versos del poeta. Siempre sabe cuáles elegir. Lo copio porque me gusta:

Cuando estés triste ponte a cantar.
Cuando estés alegre, a llorar.
Cuando estés vacío, de verdad vacío,
ponte a mirar.

Carlos nos acompañó del hospital a la casa y salió apresuradísimo al trabajo. Lo noté ojeroso y un poco más flaco, descubrí que hace tiempo que no me fijo bien en él, tal vez desde que ingresé al hospital.

Entré al baño y confronté el espejo de cuerpo entero; me di tristeza, no pude evitar llorar mi delgadez, el color oscurecido y la ausencia de brillo en la piel. Recorrí mi cuerpo con ambas manos, las noté diminutas y delgadas, como dos pequeñas arañas que buscan refugio en una hoja muerta de otoño.

Sentí mis costillas, ahora perfectamente delineadas, las caderas, los huesos iliacos sobresaliendo como las asideras de un cántaro de piel sostenido por las piernas de una mujer; unas piernas delgadas y tristes que apenas se sostienen a sí mismas.

Descubro en mi piel los años que pasaron y busco el pasado entre los dobleces de mis rodillas... no lo encuentro. Mis ojos buscan un ayer que no está en ninguna parte. A la niña estrella, ésa de la fotografía de mi infancia, ya no le encuentro forma porque no existe. Su voz no se oye más, ni el eco de su risa insegura y alegre, ni los ojos llorosos que buscan a su padre y hallan solamente un corazón distante.

Lloré el abandono, sentí nostalgia de mi sensualidad, de mis muslos carnosos y torneados, de mis nalgas otrora musculosas y atractivas, me hice falta a mí misma como mujer. Soy una moribunda sin sexo, sin sensualidad. Escudriñé en mi cuerpo en un intento por averiguar si el reloj dejó en él una huella visible y quejumbrosa ante el paso del tiempo, busqué si acaso en tres décadas obtuve alguna arruga de sabiduría, no la encontré, el tiempo no ha hecho estragos sobre mí, han sido el miedo y el dolor.

Reflejado en mi talle vi el cuerpo de Carlos, recordé la pasión de su primer beso, el momento exacto en que quise ser suya y le descubrí mi vientre en silencio absoluto, escuchaba sólo la música de nuestras respiraciones con un ritmo alterado, contagioso y candente; me vi derramando un impulso tras otro, excitada, con el permiso de la locura al dejarme llevar en un viaje desconocido hasta lo más infinito del placer, del amor. Las pasiones ante la imagen del espejo no han sobrevivido mi tristeza.

Dormí un rato. Cerca del mediodía Paula entró a mi cuarto con un té y me preguntó si quería ir a la playa, dije que sí, tenía ganas de sentir la luz y el calor del sol sobre la piel.

Llevé mi cuaderno y mi bolígrafo, ella me miró y con una sonrisa de complicidad me tomó del brazo con cariño. «Qué bueno que escribas, sácalo todo, mi amor», murmuró quedo.

Empacó toallas en una canasta. Ni siquiera pregunté qué más llevaba. Me gusta que me cuiden.

Llegando a la playa me hizo tomar una medicina, la bebí de mala gana, ya no pregunto para qué son los medicamentos, supongo que son paliativos, sé que ninguna podrá curarme.

Nos sentamos sobre una colchoneta blanca, bajo una palapa de Playa del Niño, mirando al mar. Paula intuyó mis pensamientos, se me quedó mirando profundamente a los ojos y después de un prolongado silencio comenzó a hablar. Yo alejé la mirada de sus pupilas, augurando lágrimas.

«El médico me dijo que no es normal todo lo que te está sucediendo. Con un tratamiento adecuado las personas con VIH pueden tener calidad de vida. Le parece que para tu estado físico y tu edad no deberías estar tan mal. Cree, bueno, creemos —porque yo coincido con su diagnóstico—, que traes una depresión tremenda y te estás dejando morir.»

Guardó silencio y me observó para constatar si sus palabras hacían eco en mi conciencia apagada. Yo tenía los ojos mirando al mar.

«Creo que deberías tomar en cuenta que, si te sigues dejando ir, vas a llegar a un punto sin retorno. Piénsalo, hija, tienes muchas cosas por las que elegir la vida en vez de la muerte.»

Enmudecí por un momento que me pareció eterno, nunca imaginé que creyeran que me estaba dejando morir. Me sentí molesta, agredida, sin poder evitar que las lágrimas brotaran de mis ojos las dejé correr como si fueran parte del mar que me miraba. El tono de mi voz sonó desesperado: «No es cuestión de que me deje o no morir, estoy consciente de estar deprimida. Ya lo hablé con mi doctor. Pero él mismo dijo que no podía darme ningún antidepresivo porque todos afectan el sistema nervioso central y pueden debilitar mi sistema inmune. ¿Qué quieren que haga? ¿Que sonría a la vida?», dije incorporándome abruptamente, caminando sobre mis huellas, para luego proseguir: «Mi esposo llega un día a la casa, descubro que estoy contagiada de un síndrome que hace que te mueras de cualquier cosa y, además, me entero de que mientras yo jugaba a ser la esposa ejemplar, mientras seguía las reglas de ser buena y feliz, él estaba cogiendo no sólo con otra mujer, sino con otro hombre. ¿Qué hago con ese dolor, con la traición, con la estupidez y la noción de que alguien más tiene el poder de que yo muera o no? ¿Y quieren que piense cómo decírselo a mis hijos? Si ni yo misma sé lo qué significa la vida para mí; no sé siquiera si deseo seguir viviendo, no soy capaz de entender lo que sucede. Y encima dicen que yo estoy eligiendo la muerte, ¿cómo se elige la vida? ¡Dime! —aullé— ¿Cómo se elige la vida?» Lloraba sin parar. Me dejé caer sobre la colchoneta rendida de rodillas.

Paula me miró con lágrimas en los ojos, hurgó en la canasta y sacó una botella de tequila. De la canasta salieron también dos caballitos de cristal, limones y un salero. Con toda calma puso las copas sobre una charolita y sirvió la bebida.

«Ándale, no te va a hacer daño», dijo, mientras ponía ambas manos sobre las copas a manera de darles energía o algo así. «Vamos a brindar por ti, para que obtengas la claridad que necesitas, para que descubras qué quieres, o al menos qué puedes hacer con tu vida.»

Di un trago al tequila con cierto temor, me supo tan sabroso que me relajé casi de inmediato y nos pusimos a gozar el limoncito, la sal y el trago. Hace años que no me tomaba un tequila, ¡qué reconfortante es sentarse frente al mar con una copita!, todo parece más fácil. Limpié mis lágrimas con la mano.

Pienso que estos asuntos de la energía sí sirven, aunque para ser franca no creo que cualquiera tenga la capacidad de curar. Segura estoy de que hay personas como Paula, que han vivido una existencia llena de misterios, de tropiezos y de aprendizajes, que superan por mucho aquello que consideramos lo normal, que nacen con un sino para ver un poco más allá de lo que podemos intuir los seres comunes y corrientes. Ésos son los sanadores, las sanadoras, quienes tienen la capacidad de usar la energía que brota y resurge del universo para renovarla en las cosas y en los seres vivos. «Me gustaría poder ser una de esas personas», dije a mi suegra mientras brindábamos. Me encantaría tener la certeza que tú tienes para andar por la vida, para tomar decisiones, para hacer locuras sin importarte lo que piensen los otros.»

Soltó tremenda carcajada. «Así eres», dijo con los ojos alegres, «pero no lo sabes, eso es lo más hermoso de ti. Conozco guías de meditación que se hacen llamar *gurús* o maestros, mujeres que andan por allí vestidas de blanco haciéndole acupuntura a quien se deje, que se sienten grandes por su sabiduría, pero el sentirse grandes las hace en realidad pequeñas.»

«La grandeza, m'hija, no se pregona, se percibe, y tú tienes esa esplendidez en el corazón, aunque no le quieres dar permiso de ser, te preocupan demasiado las formas.»

Platicamos durante horas, se me subió el tequila y me dio por llorar y hablar sin descanso. Paula, en cambio, tiene una resistencia increíble para la bebida de agave. Ella actuaba como si por su torrente sanguíneo no hubiera pasado alcohol.

De pronto noté la hora, la playa estaba casi vacía de gente local, eran las dos y media y nosotras tan campantes. Gracias a Dios mi suegra no me dejó preocuparme. «Estamos a quince cuadras de la casa», dijo. «Además, la muchacha ya hizo de comer, la mesa está puesta, vamos a llegar al mismo tiempo que los niños, deja de angustiarte, que no te hace falta.»

Llegamos un poco antes que Carlitos y Mireya, me dio tiempo de pintar mis labios y aplicar un poco de rubor en mis mejillas. No quería que vieran a su madre desarreglada y pálida, con la delgadez y los ojos tristes ya tienen suficiente.

Entraron a la casa y corrieron hacia mí llenos de cariño, hablando los dos al mismo tiempo. Mireya me dio mil besos y aseguró tener a la mamá más hermosa del mundo, con ternura dijo que me extrañaba mucho. Carlitos, en cambio, muy serio y casi con la misma madurez de un adulto, dijo angustiado: «Te ves muy mal, mamá, estás muy flaquita y tienes ojeras. Estás muy enferma, ¿verdad?» Apenas pude contener las lágrimas, contesté que sí, que un poco, debíamos comer primero y luego hablaríamos.

Carlos llegó cuando estábamos terminando de comer. Su madre lo miró con desaprobación, yo no le di importancia, sé muy bien que su jefe lo presiona para que coma en el hotel, los tratan como esclavos. Estaba contenta de tener a mis hijos conmigo, de poder ingerir alimentos sin devolverlos y de que alguien más se ocupara de mis obligaciones. Además, mi suegra se la pasó bromeando con los niños, ella y él la adoran. Carlos se veía contento, se le notaba la adrenalina en la mirada, en la forma de hablar. Recién lo nombraron gerente de recursos humanos, con el doble de sueldo, ya tendría mucho mejores prestaciones. «Tendré que trabajar hasta más tarde, al menos los primeros meses, pero vamos a poder pagar médicos privados y estoy muy contento por eso», dijo, dirigiendo su mirada hacia mí. Su hija comentó que ya era hora de que le dieran un mejor puesto, siendo el hombre más inteligente del mundo no era para menos; su hijo le dio la mano con un *give me five* y expresó un: «Vientos, pá». Mi suegra y yo lo felicitamos. Debo admitir que hoy descubrí que siempre jugué con Carlos al alentar su papel de proveedor como lo más importante, me enterneció verlo alegre, cree que trayendo más dinero me hará feliz, ese mensaje damos algunas mujeres a nuestros esposos y luego les reclamamos por volver tarde a casa. Me sentí lejos de él. Por alguna razón que aún desconozco me sentí ajena a esa escena familiar.

Fue como una visión de lo que sería la vida en esa casa sin mí. Tuve la dolorosa certeza de que nada se iba a acabar, todo seguiría su curso, mi muerte no haría mucha diferencia, mis labores pueden ser sustituidas, incluso la de madre: mi suegra es una mamá maravillosa. Me pareció entender que no somos nada en realidad, aunque intentemos dejar huellas indelebles en la tierra, como grandes obras artísticas o literarias, como descubrimientos científicos, los legados humanos no son nada. Tal vez por eso seguimos teniendo retoños, por que son lo único que nos da la certeza pasajera de que hemos vuelto a nacer y que, a pesar de morir, una parte de nosotros seguirá viva, latiendo, mientras nuestras almas andan por ahí buscando algún refugio de luz en otro mundo.

Son las tres de la mañana. Estoy de nuevo en la cocina intentando ordenar mis ideas al escribirlas. No puedo dormir, tengo que recapitular.

La tarde fue una verdadera pesadilla. Habíamos planeado hablar con Mireya y Carlitos; Paula los mandó al cuarto de televisión a ver caricaturas. Carlos terminó de comer y anunció que no podía. Debía regresar al hotel con urgencia. Yo, que en el fondo estaba buscando una excusa para aplazar la conversación, me quedé callada. Fue mi suegra quien lo miró a los ojos y le habló con autoridad: «¿Hasta cuándo te vas a engañar huyendo de tu responsabilidad? ¿Crees que puedes posponerlo todo jugando al juego del hombre proveedor? No te eduqué para ser un macho huidizo. ¡No puedes escudarte en tu trabajo para posponer lo importante por lo urgente, como dicen todos los ejecutivos! Tienes que ser honesto y confrontar la realidad; debes estar aquí, al lado de tu mujer y hablar con tus hijos hoy mismo. Ellos tienen demasiadas preguntas que ustedes deben responder». Terminó de hablar y salió del comedor.

La escuché con incredulidad. Descubrí en sus palabras aquello que siempre quise decirle a mi marido y nunca me atreví, tal vez porque no tenía tan claro cuándo y cómo hacerlo. A lo largo de nuestro matrimonio él pospuso las confrontaciones emocionales pretextando trabajo, por lo que yo acababa asumiendo su papel, resolviendo su labor emocional como pareja y como padre, mientras dejaba sobre sus hombros la responsabilidad de resolver las cosas del mundo de afuera, una fórmula matrimonial que al cabo del tiempo nos enfrenta con nosotras mismas y pierde validez. Lo excluí o al menos lo apoyé en su exclusión, y ahora no sé cómo incluirlo sin reclamaciones.

Carlos me miró muy serio, esperaba que dijera algo, no pude, me quedé ahí, estática, indefensa. Hubiera querido tener la energía de Paula para enfrentar al mundo con una espada y una bandera blanca, sabiendo cuándo utilizar la una o la otra, pero no la tuve, nunca la he tenido. Una lágrima rodó por mi mejilla. Carlos se acercó y me abrazó, comencé a sollozar al sentir el calor dulce de su cuerpo.

Para mi asombro él también empezó a llorar, nos abrazamos con fuerza, como si ninguno de los dos quisiera dejar ir ese momento de unión, como si deseáramos hacerlo eterno para evitar a toda costa lastimar a Mireya y Carlos. Con un llanto desconsolado me cuestionó al oído: «Dime, Soledad, ¿habría alguna diferencia en tu rencor hacia mí si me hubiese contagiado una mujer? Nunca sabremos si ella fue quien lo contagió a él, a mí. Y a ella, ¿otro hombre, otra mujer?»

Guardé silencio, seguí sollozando, ahora incluso con gimoteos y temblores. No salió palabra de mi boca, en el fondo sé que todo ha sido más confuso por la presencia del acto homosexual, no tengo respuesta a su pregunta; sólo sé que ni él ni yo sabemos qué hacer con nuestros miedos y prejuicios. Lloramos un rato más en silencio.

Pero la realidad se hizo inminente, inaplazable.

Mi suegra salió de la casa en cuanto nos sintió preparados. La necesidad de mi marido por irse a trabajar nos forzó a apresurar la conversación.

Nos sentamos todos en la sala. Carlitos, con inusitada madurez, espetó sin darnos la oportunidad de hacer un preámbulo: «¿Te vas a morir, mamá? ¿Es cierto que tienes sida?»

Mireya, por su parte, abrió mucho los ojos y nos miró inquisidora, apoyando la pregunta de su hermano. Antes de que pudiera responder, Carlos tomó la palabra: «Su mamita tiene un tipo de enfermedad que se llama cáncer linfático», dijo sin mirarme, cargando sobre sus hombros el peso del dolor por tanto tiempo acallado. Se hincó en el piso para alcanzar la altura de los ojos de sus criaturas y continuó: «Se trata de una enfermedad muy mala y a veces se muere uno. Vamos a hacer lo posible y también lo imposible para que mamita se cure y viva mucho tiempo con nosotros».

Una inmensa cólera se apoderó de mí, los ojos amenazaron con estallarme y quise demostrárselo, busqué sus pupilas y lo observé iracunda, casi con desprecio. La seguridad con la que mentía me exacerbó y no pude menos que cerrar los puños con fuerza. Al notar mi reacción, Carlos me miró con ternura, tomó mi mano con la suya cálida y fuerte y comprendí que era cierto lo que decía, que tenía cáncer y que por alguna extraña razón yo no lo sabía. Escuché el llanto de mis hijos y giré la cabeza para encontrarlos abrazándose, buscando protección el uno en la otra, unidos por un mismo resuello de tristeza y desesperanza e incapaces de comprender los alcances de las palabras de mi esposo.

Mi hija y mi hijo, nuestros hijos sentados frente a sus padres, percibiéndonos tan asustados, tan tristes, que en lugar de correr a nuestros brazos maternales y paternales en busca de refugio, se quedaron quietos, como dos criaturas que de pronto se han convertido en adultos ante un golpe de la vida y saben que, en ese momento, sólo pueden contar consigo mismos, con su pueril ternura.

Surgieron mil preguntas, Carlitos no quitaba el dedo del renglón, ¿era cierto que tenía sida? Finalmente le dije que sí, que era cierto. A mi lado sentí la figura de Carlos congelarse, el frío rozó mi piel como un rasguño de aire helado y sentí un escalofrío. No volteamos a vernos, mirábamos a las criaturas.

Le pregunté a mi hijo qué sabía sobre el sida. Su respuesta me dejó asombrada. Nos dio una verdadera cátedra de cómo surge, cómo se contagia y qué le sucede a quien lo tiene. Incluso repitió las palabras de José Luis: «Hay gente que tiene más de veinte años muy sana, no es siempre mortal, puedes vivir con el virus, mamita».

Sus palabras sonaron dulces y reconfortantes en ese momento tan doloroso. La tensión se acrecentó cuando Mireya preguntó si ellos también estaban contagiados, ¿y su papá? Les aseguramos que ellos estaban bien, que les habíamos hecho la prueba y que estaban completamente sanos.

«Su papá está sano también —me escuché decir—, si algo me pasa, él estará bien y siempre los va a cuidar y proteger.» Carlos se limitó a mantener mi mano entre las suyas.

Ahora sé que no hay rencor tan grande o tan profundo que pueda hacerme lastimar a mis criaturas. No pude decirles que su padre está contagiado, que él fue el portador inicial, ¿para qué dejarlos con tanto sufrimiento? Ya es suficiente para su corta edad que tengan que enfrentar la enfermedad de su madre y su muerte, como para preocuparlos con la idea de una inminente orfandad paterna.

Preguntaron, entre otras cosas, cuánto tiempo más iba a vivir; no supimos qué responder, aunque en ese momento miré a Carlos con la esperanza de que contestara algo que yo ignorara aún, pero no fue así, él tampoco tenía la respuesta. Insistieron mucho en el cómo me contagié; en la escuela exhibieron ya dos películas sobre el sida y al parecer hicieron hincapié en las formas de contagio. Por supuesto, pude detectar que alguna maestra o maestro les planteó los aspectos *morales* del contagio del virus.

«Fue por una transfusión sanguínea —respondí con valor—; ¿se acuerdan que estuve en el hospital cuando me enfermé del riñón? Pues me pusieron sangre contaminada y me contagié.» (Quise creer mi mentira, cuando fui al hospital fue por una piedra en el riñón y nada más.)

¿Qué hice?, me pregunto ahora que transcribo la conversación. ¿Por qué no dije la verdad? ¿Fui cobarde o valiente? ¿Le quité una responsabilidad de encima a Carlos? ¿Quise acaso ser la buena de la historia, como me enseñó mi madre, y protegí a mi príncipe a pesar de que no lo merece? No lo sé. Sé que Mireya y Carlitos lloraron en mis brazos y que después de abrazarlos Carlos me mostró el reloj y dijo con señas que tenía que irse a trabajar.

Me sentí furiosa: me deja con los dos pequeños aterrados y tristes y se va a proseguir su vida y sus triunfos. A los hombres los educan para anteponer su trabajo a todo y ellos creen que es siempre lo primero. Se va, mientras yo no sé qué hacer con mi cuerpo derrotado. ¿Cómo les explico lo que se siente enfrentar la orfandad? Mireya me lo preguntó y le dije que no lo sabía: «Pero tú eres huérfana, mamita», me dijo con cariño mientras se abrazaba a mi cintura. «Dime, ¿extrañas a tu mamá?»

Levanté la cabeza, por un instante dejé de llorar, asumí mi orfandad y quise saber lo que se siente, no encuentro nada todavía, sólo el terrible vacío de la ausencia.

En verdad que las niñas y los niños son más sabios que los adultos.

Mi hija, para consolarse a sí misma, pidió que le enseñara un camino que no conozco, que no quise explorar desde que murió mi madre. Ahora, para ayudarla a entender mi muerte, deberé indagar en mi interior lo que el deceso de mi madre, cuando yo tenía veintiún años, me significa hoy en día.

Carlos me llamó desde la puerta. Dejé a los niños un instante y me acerqué para escucharlo murmurar quedo:

«¿Por qué me miraste como si no supieras lo del cáncer?»

«Porque no lo sabía», contesté con frialdad. «Nadie me lo dijo.»

«Pero si lloramos juntos, fue la tarde en que me recordaste que cuando nos casamos habías jurado que por mí darías la vida y, en ese momento en que te la arrebataban, negabas tus palabras. Ni por mí ni por nadie, me aseguraste, querías dar la vida. ¿No te acuerdas? Fue al tercer día de haber ingresado al hospital, cuando llegaron los resultados de la biopsia, ¿de veras no lo recuerdas?», preguntó azorado.

Escuché y me dio un vuelco el corazón. Aquello que decía me sonaba familiar, aunque no lo recordaba, ni siquiera lo había escrito. Algo en mi inconsciente no permitió que lo retuviera en la memoria. «Sí, sí me acuerdo», le dije para que se fuera de una buena vez a trabajar. «Gracias, amor», murmuró quedo como guardando un secreto y se fue, dejándome con la sensación de haber empezado a perder parte de mi vida.

Debo intentar dormir un poco. Acabo de asomarme a ver a mis hijos, los dos terminaron durmiéndose en la cama de la abuela, los dejé, no importa, si eso les hace sentirse con seguridad, que se duerman con ella. Por ahora las cosas de educación que siempre me parecieron importantísimas se me antojan triviales e inútiles. Prefiero que mi hija e hijo sean más felices que bien educados.

La copa de tequila me causó una cruda espantosa, pero valió la pena. Ahora que releo lo sucedido creo que Paula supo lo que hacía, no me hubiera armado de valor sin ese trago, valió el dolor de cabeza. Voy a intentar dormir, mañana será otro día.

Es día primero de mes. Hace ocho días que no escribo. Paula y yo hemos paseado por la playa a diario, me ha dado masajes y a oler yerbas dulces y amargas. «Es aromaterapia», me dice mientras me río de sus brujerías.

Con la ayuda de mi suegra he aprendido a meditar, aunque confieso que con cierto temor. Es un ejercicio que induce a ver cosas que producen miedo. Paula insiste en que debo confrontarlas. No me atrevo, al menos no por ahora. Salgo de las meditaciones con un susto de esos de la infancia, como los que le dan a una por el monstruo del clóset o el diablo bajo la cama, irracional e incontenible.

«Es la muerte», me dijo el otro día mi suegra. «¡Háblale, conócela! No dejes que te atormente!», aseguró con pasión.

«Suena fácil, ¡es una locura! Toda una vida me han dicho que debo temer a la muerte, que la debo ahuyentar y ahora que tengo sida, cáncer, que siento morir, debo acoger a la *huesuda* y hacer amistad con ella. ¿A quién carajos se le ocurre decir que en lugar de luchar contra la muerte hay que darle la bienvenida?»

«A las personas iluminadas», contestó Paula. «A quienes saben pero no dicen que saben. Todos, todas somos prisioneras de nuestra propia mente, el asumir esto es el principio de la liberación del espíritu. Al aceptar la muerte aceptas también la vida.»

Estoy descubriéndome a mí misma y el camino no es siempre agradable. Ayer pensé en decirle a Mireya que una mujer es mujer porque se asume como tal, no porque le dijeron que debe serlo o que ha nacido con dos cromosomas que la distinguen, supe que no sería capaz de comprenderlo por el momento, sin embargo, agradezco la época en la que nació mi hija, a ella los paradigmas y estereotipos de lo que *debe ser* una mujer no la van a afectar tanto como a mí, que jactándome incluso de ser medio liberada, sé en el fondo que he repetido los patrones de mi madre hasta el cansancio. Sin darme cuenta, por miedo a pasar la vida confrontándome con otros, entré al cautiverio de las tradiciones femeninas.

Debo reconocerlo, si no fuera por Paula, si estuviera

confrontando todo esto yo sola, probablemente en lugar de permitirme esta liberación del espíritu, de lo material, estaría jugando a ser la supermujer, la multitareas. Siempre sacrificándome por mi hija, hijo y marido, haría la comida aunque estuviese con fiebre; limpiaría los pisos frente a Carlos para que viera y comprobara lo sacrificadas que podemos llegar a ser las esposas y madres. Eso he hecho toda mi vida, sí, porque ésa es la manera en que me enseñó mi madre a justificar mi existencia como mujer en la tierra y porque, a su vez, la madre de mi madre le dijo a ella que así debe ser, que ése es el contrato social.

Mi niña va a vivir otra época, la del asombro de percatarse de lo que es la conciencia de género. El otro día Paula me leyó fragmentos de un libro de Marcela Lagarde; yo, que siempre aborrecí a las feministas, hoy comienzo a entenderlas. No me identifico con las ultras, esas que enfrentaron esquemas, que tuvieron que ser duras y recibir juicios sumarios de hombres y mujeres, aunque agradezco su presencia en el mundo, lo que han hecho por las mujeres que no abanderamos la liberación de la vida de otras y que indirectamente recibimos los efectos positivos de su lucha. Es más, se me ocurre que si Carlos no hubiera tenido una madre tan feminista no sería tan buen padre.

Hubo un fragmento del libro que me leyó mi suegra que me encantó. Lo copio para no olvidarlo, este diario es mi memoria, creo que voy a pedirle a Paula que en unos años más lea algunas partes con Mireya, será una buena manera de compartir con ella estos momentos a futuro:

La mayoría de las mujeres tiene problemas de identidad, tiene crisis de inadecuación que se expresa en depresión, desaliento y cansancio por cumplir el deber ser. Muchas han creído que mientras más se esfuercen por ser adecuadas, tendrán mejores retribuciones y comprueban que no hay una relación directa y positiva entre darse, cumplir y ser adecuadas con lo que obtienen del mundo. Aun las mujeres críticas de los estereotipos están subjetivamente organizadas por el deber ser.

Así es, vivimos esforzándonos por lograr aquello que nos dijeron que nos va a hacer felices y un día descubrimos que el mundo está lleno de mujeres infelices e insatisfechas: muchas de ellas, ante la crisis, se refugian en la religión, porque así, si no encuentran la gloria prometida en esta vida, seguro la encontrarán en la próxima, en la que prometió Cristo.

Pienso en la Hija de María como el paradigma de la mujer que no encuentra nada en su interior, la que tiene miedo de enfrentar la vida cotidiana y va por el mundo atropellando a las personas con su fe ciega y sus propias reflexiones del deber ser.

Hace unos días ella pasó por la casa, la muchacha le dijo que yo estaba meditando en la playa. Volvió ese día por la noche y de nueva cuenta impuso su presencia, le ofrecí un té y nos sentamos en la cocina. Hizo patente que sabía del cáncer linfático que me aqueja y lo terrible que es. Intentó bajar los ánimos, infundir tristeza y reiterar mi victimización con el único fin de darse la oportunidad de retomar su papel de salvadora conmigo.

Le confirmé que sí, que efectivamente estaba mal, que había optado por no recibir quimioterapia, que estaba meditando y que ya Dios o las diosas se encargarían de disponer lo mejor para mí. He aprendido a leerla, a presentir el camino que tomará su discurso, así que la dejé seguir: comenzó su perorata sobre cómo el demonio, a quien no podemos ver porque no es como nos dijeron en la infancia, un diablo rojo con cola y cuernos, se está apoderando de la gente. «¡No! —dijo emocionada—, Lucifer era uno de los ángeles más hermosos de las huestes del Señor y sigue llegando a la gente con esa investidura». Después recitó un párrafo completo de la Biblia, me parece que era del Apocalipsis, no recuerdo las palabras ni deseo recordarlas, pero estoy segura de que su finalidad es amedrentar a la o el cristiano común y corriente para que se acerque a Dios motivado por sus miedos.

Como yo no solté prenda, a excepción de decirle que no creía en el diablo, se molestó y fue más directa que nunca. «Mira, Soledad, tú estás muy deprimida y por lo tanto susceptible de que te atrapen las sectas esas del *new age;* tienes que tener mucho cuidado porque se basan en religiones orientales y adoran a dioses paganos. ¿Qué es eso de las diosas?, entre ellos se esconde Lucifer.»

Por un momento estuve a punto de mandarla al diablo en el que yo no creo y al que ella tanto teme, pero decidí confrontarla. Toda mi vida he escuchado a los que defienden la religión hablar como dueños únicos de la verdad, ahora me rehúso, levanto mi voz para decirles lo que pienso, así, con ese gesto de sapiencia que hacen ellos y ellas escudadas en la Biblia.

Discutimos más de una hora, salió de la casa furiosa no sin antes entregarme, de mala gana, tres estampitas de ésas que venden en el interior de los templos y que hablan sobre el amor y la fe. Pensé en ella gran parte de la noche y no pude dejar de sentir pena por la frustración que debió causarle ese último encuentro con una pecadora al borde de la muerte.

Cada quien debe creer en aquello que le parezca correcto y adecuado. Yo he querido, y quisiera antes de morir, que Mireya y Carlos entiendan lo importante que es no creer basados en la ignorancia, sino en el conocimiento, en el estudio del quehacer humano, en la introspección personal de nuestras propias necesidades intelectuales y espirituales.

Tal vez lo único que verdaderamente sabemos hombres y mujeres es que nos falta mucho por aprender; tanto de nosotros mismos, como del universo que nos rodea, reconocer que la humanidad desde su creación ha evolucionado bajo los mismos patrones de egocentrismo y violencia, de sumisión ante los poderosos y hostilidad hacia los desconocidos, que evolucionar es simplemente asumir el compromiso de cambiar las reglas que han marcado nuestra forma de vivir y actuar. Los patrones culturales de nuestras abuelas no pueden ser los mismos de hoy día.

Me enfrento a la muerte y releo todo lo que puedo, quiero asegurarme de que no toda la humanidad es mala, por supuesto, hemos desarrollado el amor en todas sus posibilidades, en demasiadas, argumentan algunos moralistas; hemos descubierto la compasión y el compromiso, el respeto y el amor a la tierra.

Me encuentro intentando desarrollar esa parte que me permita asumir mi muerte y explicársela a mis hijos, quiero saber por qué dejé de leer y me perdí en la aburrición de un Cancún en el que rige lo superficial. La noción de desaparecer me hace cuestionármelo todo, incluso si hay vida en el más allá. Aunque antes debo pensar en el presente, en dejarle algo a ella, a él...

Tengo la firme intención de escribir una carta para Carlos y Mireya, me cuesta trabajo hacerlo, los intentos realizados suenan demasiado amargos, debo insistir, no puedo arriesgarme a perder la conciencia sin dejarles un pedazo de mi cariño en papel. Quiero dejar mi amor impregnado en tinta para que, con los años, sepan que no fui un sueño, que de veras estuve aquí y los amé hasta el infinito. Deseo que, cuando sean adultos y encuentren en el cajón de sus recuerdos la carta de su madre, puedan compartir mis palabras viejas con sus amores nuevos.

El basurero está lleno de papeles arrugados, busco las palabras para un legado de amor. Seguiré mañana.

He visto a Carmina dos veces, está ocupadísima con su nuevo trabajo, otra vez trajo flores. No había percibido lo mal que me veo; ella lo notó ayer. Vino a verme por la noche, se sentó junto a mí y me tomó la mano. Mientras le narraba de mis paseos por la playa con Paula percibí en su rostro un gesto de tristeza, me miraba y sus ojos no podían sino mostrar ternura y asombro ante mi delgadez.

Entiendo que se sintiera incómoda, se lo pregunté y lo negó, alegó que estaba muy cansada; al despedirnos, me abrazó, sentí su preocupación. «No te dejes vencer», me dijo al oído. «Te queremos mucho.» «No», respondí, buscando sus ojos; «acabo de entender que no es una guerra, no hay vencedor ni vencida. Estoy permitiendo que mi vida siga su curso, ya acepté que va a terminar en muerte, ¿tiene algo de malo que lo acepte en lugar de luchar?», le pregunté dolida por su comentario. «No, mi reina, perdóname, es sólo que nos duele verte así, tan pálida. Quienes te amamos quisiéramos que no sufrieras.» «Lo sé», dije, dando tregua a mi defensa. «Gracias, yo tampoco quiero sufrir.»

Le pedí que viniera el viernes, necesito hablar con ella.

Hoy al mediodía estuve en el hospital. Me llevó Paula. Aunque agradezco su cariño maternal (no sé qué haría sin ella), me molesta que Carlos se haya instalado en la comodidad de que su madre todo lo resuelva.

Mientras íbamos en el coche, le dije a mi suegra en un tono muy agresivo:

«Tú muy liberal y feminista, pero eres igualita que cualquier madre mexicana, aquí estás asumiendo las responsabilidades de tu hijo, dejándolo ser el macho que sólo trabaja y se olvida que su mujer se está muriendo. No se da tiempo ni para acompañarme en las visitas al médico.»

Cuando terminé de hablar me arrepentí, me dolía la cabeza y estaba enojada, así que ni siquiera pedí perdón. La noté ofendida, y aunque guardó silencio por un rato, de pronto espetó:

«Tienes razón, aunque tengo que decirte que no estoy contigo porque quiera salvar a mi hijo del dolor, o protegerlo; estoy aquí porque te quiero como a una hija y hago lo que tu madre haría por ti si aún viviera. Pero es cierto, voy a alejarme para que Carlos tome el lugar que le corresponde.»

Me dio una palmada en las manos, reposadas y laxas sobre mis piernas. Dejé caer la cabeza y solté el llanto. Me sostenía el cinturón de seguridad del auto. Paula también lloraba. Al llegar a un semáforo en alto, abrió la guantera del coche y sacó una caja de *Kleenex,* cada cual tomó uno en silencio. Comprendimos que fue una manera de dejar salir la tensión que ambas cargábamos como plomo en el corazón ante la inminente visita al hospital.

El médico me revisó, y mandó pedir el resultado de los análisis; desde que ascendieron a Carlos contamos con más dinero y me atiende un especialista particular, un oncólogo de cuarenta y tantos años, medio rechoncho y casi calvo. Hombre culto y hasta tierno. Nos hemos encariñado un poco, aunque entiendo que él no debe acercarse mucho a sus pacientes, debe ser muy doloroso que se te estén muriendo personas a las que quieres, por eso comprendo que de repente se distancie de mí, ya no me ofendo como al principio lo hacía con los médicos del IMSS. Esta vez planteó más preguntas de lo normal, me hizo recostar mientras le comentaba a mi suegra que tenía los ganglios demasiado inflamados.

El especialista auscultó mi estómago y sentí un dolor que me paralizó las piernas. «¿Le duele?», preguntó con un gesto de asombro. «Sí, mucho», contesté con un hilo de voz. Mientras me limpiaba una lágrima con la palma de la mano, otra escapó de mis ojos sin darme cuenta, parecía que iba creciendo mientras rodaba sigilosa por mi sien, recorriendo la oreja, mojando mi cabello, hasta caer lentamente en la almohadilla de la mesa de auscultación.

El médico volvió a tocarme el abdomen, ahora con extremo cuidado, y yo misma pude sentir un endurecimiento en el estómago. Él me miró a los ojos, un aire helado invadió mi cuerpo, no era suficiente lo que ya estaba sufriendo, pensé… ahora tengo un tumor en el estómago.

El médico me preguntó por mi esposo, creía indispensable que hablásemos todos juntos. «Está en la oficina», contesté con frialdad, como si no me importara; quería que me dijera lo que estaba pasando, estaba furiosa de que Carlos no estuviese ahí, de que su ausencia provocara esa espera silenciosa; lo amé por el recuerdo de su ternura en mi piel y lo odié por su cobardía.

El doctor insistió y llamé a Carlos a la oficina mientras el médico y mi suegra me observaban en un intento de intuir la conversación a través de mis gestos. Carlos inquirió si era en verdad importante, estaba muy ocupado y lejos, hasta la zona hotelera. Preguntó con voz melosa si no le podía decir todo en la casa esa noche. «No, no es importante, ¡vete al carajo!», le grité y colgué el auricular.

Paula bajó la mirada, el médico me veía a los ojos con compasión, no pude más. «Verá usted, doctor, mi marido es un hotelero muy importante, es por eso que no tiene tiempo de estar aquí, lo que usted no sabe, para que deje de mirarme como si fuera yo una cabrona empedernida y mi marido el hijo perdido de san Agustín que sufre conmigo, él fue quien me contagió el sida, tuvo una relación sin protegerse y por su culpa estoy aquí, infestada de cáncer y de infecciones en los riñones, de micosis genital, ¿qué más? ¿Se acuerda usted? Yo ya no llevo la lista de mis males.»

Escribo y lloro, revivo la furia que sentí con la confesión.

El médico nunca preguntó cómo me había contagiado, es muy respetuoso, los del Seguro Social exigieron saberlo, este médico cobra mil pesos por consulta y esa cantidad lleva implícito el que se respeten tus derechos humanos, la privacidad de la paciente, ésa también cuesta en México.

Ahora lo sabía y no supo qué decir. Después de unos segundos nos miró y confirmó mis sospechas: tengo un tumor en el estómago, en la última radiografía lo observó muy pequeño, estaba preocupado, en dos semanas había crecido casi al tamaño del propio estómago. «Me sorprende que aún pueda comer», dijo con voz tristona, como arrastrando una disculpa por haberme pedido que llamara a mi esposo.

«Apenas puede comer, doctor», interrumpió Paula. «Si no fuera por los licuados de verduras y frutas que le hacemos, no consumiría nada sólido.» Terminó de hablar y plantó su mano sobre la mía, la sentí húmeda, lo que me tomó por sorpresa... Ella tiene tantos años controlando su cuerpo con tai chi y meditación que nunca la imaginé con las manos sudorosas.

Entiendo ahora su impotencia, la situación en la que la puse cuando hablé de su hijo como un cobarde, como el responsable directo de mi muerte y ella allí, entre su amor por el hijo de su carne y su sangre, y el que siente por la otrora desconocida que se casó con su muchacho. No envidio su posición, he aprendido que nada es justo en esta vida. Ni modo.

Me he tomado unos minutos para poder escribir lo siguiente, fui por la caja de pañuelos desechables, preparé un té que sé de antemano no podré ingerir y traje conmigo las estampitas de oraciones que dejó para mí la Hermana de María.

«Todos sus síntomas son de un cáncer generalizado. Yo retiraría algunos de los medicamentos que le provocan náuseas para que pueda comer hasta donde le sea posible», dijo el médico dirigiéndose a Paula. «El cáncer de estómago, para qué mentirle, es muy doloroso, sobre todo por las consecuencias en el tracto digestivo. Va a ser muy difícil para usted», dijo, ahora sí mirándome a los ojos. «Tiene que hacer planes. No le recomiendo que la hospitalicen, pueden prolongar su agonía de manera indefinida y, dadas las circunstancias, es decir, que tiene sida, el hospital puede resultar un verdadero infierno para usted.»

Quise decir algo. No pude articular palabra.

«¿Puede quedarse en su casa, es decir, pasar allí sus últimos días?», me preguntó compungido. «Perdóneme, Soledad —dijo controlando el llanto—, pero tengo que hablarle con la verdad, tiene que prepararse, lo que viene no es fácil. Si ustedes lo desean puedo responsabilizarme, si se queda en casa le conseguiré los aparatos necesarios para que esté bien, es decir, cómoda. Y, por supuesto, darle las medicinas necesarias para evitar que sufra demasiado.»

SUFRIR DEMASIADO

Lo escribo, lo subrayo, ¿cuánto es demasiado? Yo digo que ahorita, en este momento es demasiado mi dolor. Así es este asunto. A los treinta y cuatro años, sentada en un consultorio bien decorado, un hombre que desconoces te dice que debes prepararte para tu muerte, que va a ser muy dolorosa, que él te consigue los aparatos.

¿Qué aparatos?

¿De qué habla?

Que no te recomienda que te lleven a un hospital, al fin y al cabo esos lugares son negocios.

El negocio es mantenerte viva, agonizante, moribunda, vegetal, *cuasihumana;* mientras la cuenta se hace grande y tu vida pende de un hilo, conectada a una máquina respiratoria, a una de diálisis,

tic-tac-tic-tac,
suenan los minutos de tus últimos días
y los médicos no te dejan ir:
es su obligación mantener tu cuerpo vivo,
agonizante,
quebrantado,
pero vivo al fin.

«Yo soy la dueña de mi cuerpo», le contesté al médico después de algunos minutos... ¿Cuántos? «No quiero que me prolonguen la agonía. ¡No quiero morir en agonía!», pude decirle en un hilo de voz antes de desatar mi angustia llorando. Paula se acercó para abrazarme, quise morirme en ese instante como quiero morirme en este momento... sin agonía.

Quiero quedarme dormida y creer que todo fue un sueño, que nada fue cierto, que nunca estuve viva, ni fui la que pensaba, la que fue madre, la que amaba al hombre que la traicionó y se sintió a su vez amada por él, la que creyó perdonarlo una tarde frente al mar de Cancún.

Morirme y no haber sido yo la que moría.

Han pasado cuatro días desde la última página escrita. He estado dormida, sumida en una depresión. Me ha visitado la Hija de María, me leyó la Biblia y en mi mente resuenan las palabras del profeta Isaías (29, 8): «Y será como el que tiene hambre y sueña y parece que come, mas cuando despierta, su alma está vacía».

Así me siento, vacía de certezas... llena de preguntas.

Estuvo también Carmina, con ella sí hablé; le pedí que siguiera escribiendo cuando yo ya no pueda: «Pero es tu diario —respondió nerviosa—, ¿cómo puedo saber lo que piensas o sientes si ya no vas a poder escribir?»

«Te lo dictaré cuando pueda, y cuando ya no sea posible... quiero que escribas todo, absolutamente todo lo que sucede, quiero que escribas mi agonía, que la vivas a través de mí. Somos amigas del alma, has aprendido a percibirme de verdad, sabes quién soy y lo que siento, ¡inténtalo, por favor! Sentiré que me muero menos si terminas este diario. Quiero que escribas lo que hace Carlos y lo que hacen y dicen mis hijos, quiero que escribas mi diario hasta que vayan juntos a tirar mis cenizas al mar, en Puerto Juárez, por favor, dame voz mientras me voy.»

«Entonces quiero que lo quemes y tires las cenizas detrás de las mías, que mi vida se vaya atrás de mi muerte. ¿Puedes, Carmina?», pregunté mirándola a los ojos. «Sí, claro que sí», respondió con lágrimas en los ojos. «Pero no imagino cómo podré adivinarte. Tal vez... tal vez podríamos grabar todo lo que digas. Yo tengo una grabadora de mano con micrófono, traeré una caja de casetes. ¡Ay, Soledad! Mira, no sé, no sé. ¿Grabarte todo lo que digas? Tendré que escucharlo todo, transcribir tu dolor, tus reflexiones... lo haré, amiga, aunque no puedo asegurarte que tenga sentido. Me asusta, Soledad. ¿Y luego? ¿Si ya no puedes hablar? ¿Qué tal si describo toda tu muerte y luego tus criaturas leen ese dolor y lo reviven? ¿Estás segura, amiga mía, de que eso es lo que quieres?» «Sí, eso es lo que quiero, que este cuaderno me dé vida, aun en el proceso de perderme en la muerte».

Ayer tuve una terrible discusión con Carlos, lo obligué a firmar un papel en el que se compromete a que no me hospitalicen. Se puso furioso; dijo que a fin de cuentas él decidirá lo mejor para mí. Con la poca fuerza que me queda le solté una bofetada: «¡Tú no decides por mí, ni en mi vida ni en mi muerte!», grité. Me asombró sentirme así, jamás he sido violenta, desconozco mis reacciones, ahora que escribo intento recordar cuándo fue la última vez que les di una nalgada a mis hijos y no puedo.

«Yo también estoy asustado», dijo llorando, pleno de angustia, con una seriedad que no le conocía.

«¡Me importa un comino tu miedo!», dije. «No voy a permitir que por cobardía me mandes al hospital para que me traten como un animal de laboratorio, nunca, ¿me oíste? ¡Nunca!... Si quieres te vas de la casa, tu madre y Carmina estarán conmigo. No me importa que te vayas, te saliste de mi corazón desde hace mucho, tu presencia física ya no me dice nada.» Tomé aire al terminar de decir esto.

Busqué herirlo, mis palabras fueron conscientes; quería que se enojara, deseaba con todo el corazón conocer su ira, que me dijera que no quiere que me muera, que desnudara sus miedos ante mí y gritara que me ama a pesar de todo.

Nada sucedió.

A veces la crueldad es un grito de amor pidiendo amor.

Parece que la cercanía de la muerte nos hace buscar caminos distintos para enfrentar los sentimientos, una locura consciente, la locura que elegí para despedirme de todo, de todos.

Paula entró al cuarto y se disculpó, nos advirtió que los niños estaban oyendo los gritos. «Ya no se lastimen, ¿qué no tienen ya suficiente sufrimiento?», dijo. Sin más, salió y cerró la puerta.

Carlos aceptó firmar el papel, me abrazó y aseguró que él me iba a cuidar, que no estaría sola. Intenté decirle que ya me había dejado sola desde hace tiempo, me faltó fuerza para hacerlo, me faltaron ganas. Ya nada tiene la menor importancia.

Estoy aquí, planeando mi muerte, ordenando mis cosas para irme a no sé qué lugar, si es que de verdad hay algún destino más allá de la vida.

Sigo enojada con él. A lo mejor, como dice su madre, el perdón me llegará antes de irme. «¿Y para qué lo quiero entonces?», le pregunté una tarde. «Para ti, mi reina; una perdona para limpiar su alma, el perdón no es para exculpar a los demás, es para sanar nuestras propias heridas.»

Tal vez Paula tenga razón.

Me siento extraña; apenas pude levantarme Paula me llevó a la playa, eran las cinco de la tarde, tenía ganas de escribir un verso, no sé por qué, pero estos últimos días me siento con ganas de leer cosas tristes para acariciar mi melancolía, ganas de escribir poemas aunque no sepa hacerlo. Me sentí sumida en la añoranza y escribí:

Antes
no me hacía falta nombrarte para tenerte,
para saberte el mismo de siempre.
Desde que se murió la niña que te amaba
desconozco el tono de tu silbido y la sombra
de tu silueta masculina.
Cuando escuchaba al mar llamar al fuego
tú eras el jinete y el caballo y el viento,
yo era la sirena, el delfín, la marea,
el silencio sabía que la voz le cantaba,
quebrándose a sí mismo nos abría paso,
pero se fue el invierno y la aurora
y los peces dorados no volvieron,
no tuve a más nadie a mi lado, ni a tu alma siquiera;
ya las voces y todas mis palabras salieron sobrando,
huyeron nadando de la tinta al mar y del mar al cielo
instalándose allí para parecer versos
y nubes alegres pero no lo eran,
eran letras sin nombre sin rabo ni cabo que les uniera
tal vez fueron así de inescrutables
para que pudieras irte y decir
que ya no comprendías mis palabras
y como no soy nada ni mar ni luz ni carne
sino sólo palabras,
hallarías la razón más humana para decirme adiós,
así nadie dirá jamás que no me amaste.
Bienvenidos el olvido y la certeza de no luchar por morirse juntos
ahogados de silencio.

Se lo leí a mi suegra, me pidió que la dejara leerlo otra vez y se le escapó una lágrima. Con una sonrisa franca me dijo que no me conocía la vena de poeta. «Yo tampoco», le respondí. Nos reímos un rato y vimos el sol perderse al otro lado del mundo, en el cuello de las jirafas de África, como dice mi hijo.

«Anoche hablé con Carlos —dijo de pronto Paula escupiendo las palabras—, lloramos mucho, estuvo recordando su infancia.»

Mientras hablaba sus ojos parecían cascada, no era un llanto de pena, sino de descubrimiento, de asombro, de confesión. De alguna forma la voz salía fragmentada de su boca, palabra tras palabra, como acomodándose afuera de sus labios antes de alcanzar mis oídos.

«Carlos recordó el día que murió su padre, esa tarde de agosto cuando tenía sólo siete años. Recordó cómo llegó su tía Amparo, la hermana de mi marido, a recogerlo a la escuela. "¡Vente, niño!", le dijo la solterona amargada. "Tu papá se está muriendo." Cuando alguien no sabe lo que es la muerte no necesariamente llora, así que Carlos se subió al Karman Ghía y colocó la mochila de cuero sobre sus rodillas. Con sus manitas cerraba y abría el pequeño cinturón de correa de la mochila... todo el camino miró el tablero del auto de colección de su tía; hasta la fecha recuerda la piel guinda, el odómetro y la curiosa cerradura de la guantera. Ése es su primer recuerdo relacionado con la muerte de su padre, el más importante.»

»A mi marido le había dado un paro cardiaco; el médico de la familia estuvo ahí todo el tiempo. Yo no tenía cabeza para nada; perdí la noción de todo, me invadió una tristeza de esas que paralizan. Una mujer joven con tres hijos y un esposo muerto en cama. Dejé que otras decidieran por mí.»

Paula se levantó de la silla colocándose en cuclillas frente a mí para nivelar su rostro y sus ojos con los míos y continuó hablando con infinita convicción: «Carlos era sólo un niño y vivió la muerte de su padre sin nadie a su lado». Bajó la cabeza, apenada por sus palabras. «No estuve con él para consolarlo, lo abandoné. Más adelante fue él quien por sí mismo decidió tomar el papel del hombre de la casa. Nunca volvimos a hablar de ese dolor que jamás confrontó.»

Su voz era dulce, carente de todo drama, no era una confesión histriónica, sino más bien un insólito descubrimiento, una visita oficial a la caja de Pandora de un pasado familiar casi olvidado.

«La hermana de mi esposo se llevó a mis hijos e hija. Su tía les prohibió dormir juntos en la misma habitación, les prohibió la televisión porque estaban de luto. Les repitió cien veces cada día que llorar no era bueno. Convenció a Carlos de que, por ser el mayor, le correspondía tomar el papel del hombre de la casa, debía ser fuerte, valiente y, sobre todo, nunca llorar.»

Paula siguió narrando su conversación con mi marido... «¿Entiendes, Soledad?», preguntó mientras secaba sus lágrimas, ya sin sollozar. «Su padre lo abandonó muriendo sin despedirse y su madre lo ignoró. Era sólo un niño, es mi niño y no sabe qué hacer con su dolor.»

Nos abrazamos por largo rato.

Paula repetía una y otra vez la misma pregunta. «¿Entiendes cómo una madre puede ser cruel sin saberlo siquiera? Nada es excusa en esta vida, Soledad, todo es consecuencia de algún acto humano», dijo mientras caminábamos hacia la casa con paso lento, tomadas de la mano.

Mi corazón se alteró, amé a mi marido más que nunca.

Carmina, estarás escribiendo por primera vez en mi diario (perdona si mi dictado no es muy coherente, me cuesta acostumbrarme a grabar mi voz, es diferente de escribir).

(Esto de grabar te da la sensación de vulnerabilidad total, ignoro por qué dejar la vida en un papel resulta menos difícil, digamos menos vergonzoso.) No he podido levantarme, ayer tuve una crisis nerviosa, aunque no emocional (suena curioso, ¿no?), pues la causó, según el doctor, una infección en la médula; ya no me dan antibióticos (eso ya lo sabías, pero de cualquier manera habrá que escribirlo), mis venas están demasiado delgadas, es mucho sufrimiento dejar que me inyecten. No tengo fuerza ni para escribir (vaya que fue buena idea esto de la grabadora, voy a hablar de ti, así que transcribe, amiga, aunque te resulte extraño).

Mi amiga me mira dulce, la observo mientras alisa las arrugas del edredón. Luego, cuidadosa, se sienta en la orillita de la cama, como evitando importunarme. ¡Si ella supiera lo importante que es para mí su presencia, la fortaleza que me obsequia con estar aquí! Nada hay como una amistad así, esa que se funde entre lo fraterno que todo lo perdona y supera y el amor que nos impulsa a creer fervientemente en la otra. Así es mi amistad con ella, cultivada en poco tiempo, pero sólida como la roca que da sostén a los pies que exploran un mundo pleno de caminos falsos, de arenas movedizas, un mundo difícil como éste.

La miro sacar una libretita de su bolsa, siempre me ha parecido como una de esas magas que aparecen cosas y cosas. Lo más insólito que pueda una necesitar lo trae allí. Toma la libreta, pasa cuidadosamente las páginas, encuentra la que está en blanco, no desperdicia espacios (¡ay, amiga, qué neuras eres! —*risas*—. Perdona, no puedo evitar reírme) y toma nota de todo lo que sucede, para luego transcribirlo en este mismo cuaderno, escribe siempre con pluma negra, una muy linda que conserva en su estuche de piel. ¡Vaya que le he dejado una tarea difícil! No solamente debe presenciar el fin de mis días, sino transcribir esto, esto que le dicto a una máquina y que siento a ratos que no tiene ni pies ni cabeza porque debo contar aquello que hace mi escribana mientras observa mi muerte y lo que sucede en mi interior mientras la miro escudriñando mi dolor para narrarlo... ¡qué locura! Nos miramos sonrientes. «Tienes que juntarte con mi suegra», te dije bromeando hace unos meses, «para que te vuelva feminista y te quite lo meticuloso». ¿Te acuerdas cuando te dije eso?, te reíste para contestar que las feministas son unas boconas, trabajan no dobles, sino triples jornadas para demostrar que son libres e iguales a los otros. Me quedé muda, ¡vaya que sabes contestar!

Entiendo que es difícil para Carmina escribir todo esto, lo complico más con tantos comentarios, pero así tiene que ser, todo está escrito desde mi punto de vista, es mi historia, yo soy la primera persona de mi diario, ya se acostumbrará, lo bueno es que no duraré mucho.

Carmina me mira como regañándome con los ojos y saca de inmediato un pañuelo de la bolsa para secarse una lágrima que la traiciona, quiere negarse a escribir que ya me queda muy poco tiempo. (No llores, amiga... —shhhhhhhh— fin de la grabación. ¿Cómo apago esto....?)

(Uno, dos, probando, está bien el volumen, ¡chin! Este micrófono está muy grande, se cae... ya está, así sí, está prendida la lucecita roja, creo que estamos grabando, amiga, bien, bueno...) Tuve que descansar, me dio un ataque de tos. Mireya había entrado en la recámara y la muchacha la sacó, comencé a escupir sangre, yo misma me asusté, no quiero... no, que mis niños se acuerden de mí como esto, mhhh como, como una momia ensangrentada. Prométeme, Carmina, si me pasan cosas horribles, no los dejes que me vean, que su abuela se los lleve al mar. Y si no quieren verme muerta, que nadie los fuerce. ¿Me lo prometes, Carmina? Acuérdate, amiga, ya te lo había pedido y tú dijiste sonriendo: te lo prometo, así que cúmpleme, amiga, aunque sea difícil.

Me cuesta trabajo hablar [...] muy triste, estoy así, pedí, a ella, a Paula, me lea párrafos de un libro muy bonito (qué lindo, ¿verdad? Cómo nos gusta leer, ¡qué bueno!, debo recordarle a Carlos que fomente la lectura, que les lea en la noche: anotar lectura... comprar *El principito*, *Diario de Ana Frank* y *Las mil y una noches.* Scherezada, ¿te acuerdas? ¿Contar historias para no morir? Así estamos, Carmina, así estoy amiga...), le pedí que me lea lo que tiene sobre la muerte. Está escrito (el libro) por un monje tibetano y trata de guiarte hacia la luz (cómo me disgusta hablarle a un aparato; ¿estará grabando bien?, a ver...) «...y trata de guiarte hacia la luz...» (sí,mhhh, sí grabó). Me encantaría tener la certeza de que hay una luz detrás de este dolor. Me gustaría que me pregunten, mientras me voy, si hay una luz. ¡Imagínate, Carmina, poder responderles, hacerles señas de que sí la hay!

Así puedes decirles a mis niños que me fui buscando la luz, que no es cierto que hay sólo oscuridad y abandono, que su madre, mamá, o bueno... Soledad, no abandonó su cuerpo temerosa de la incertidumbre.

(Tomar en cuenta, muy en cuenta esto, por favor, Carmina...) Ya no dejen que entre la Hija de María, no quiero que haga tétricos mis últimos días; le ha dado por leer párrafos horribles sobre el infierno. El otro día, no recuerdo qué día fue... pero, mientras intentaba meditar para soportar el dolor, mientras hacía efecto la morfina que me inyectaron, comenzó a leer un pasaje que asocié con el infierno de Dante, fue horrible, porque la droga me produce alucinaciones y su voz me guió por un averno al que no deseo volver. ¡No la dejes, Carmina! Si me lee, que sea algo bonito (cómo me gustaría que estuvieras siempre tú, amiga, ya sé que es mucho pedir), no quiero morirme con culpas y amenazas, rodeada de demonios. (¡Ay!, creo que puse pausa, ¿o no? Si no se escucha nada no hagas caso, fui al baño, sigo, bueno, sigo grabando... ya duró mucho la cinta.)

La tarde se fue rápido a pesar de que los dolores eran demasiado fuertes, la enfermera me inyectó y voy a dormir un rato...

(Qué fea voz, tengo seca la garganta.) La noche, especialmente mala. Tuvieron que llamar al doctor... humm, dicen que me la pasé gritando, que lloraba y lloraba, yo no me acuerdo de nada (pero lloro de sólo pensar). Eso sí, apunta, Carmina, escribe que entre sueños sentí el cuerpo de Carlos recostarse a mi lado, le decía que tenía mucho frío, me contestaba que estaba cubierta con cuatro cobijas. «Pero el frío es por dentro», insistí. «Se me metió en el alma, ¡ayúdame! Es la muerte.» (Imagínate, amiga, ¿sería cierto? Bueno, no sé... nada sé.)

(Inaudible, sollozos.)

Carlos me habló al oído sin parar, me decía tierna y repetitivamente que no, que no era la muerte, echaba el vaho de su aliento para calentarme, me frotaba con sus brazos y estaba acurrucado sobre mí. Sentí consuelo. «Es la medicina, mi amor, es la medicina, no es la muerte, no tengas miedo», me decía, mhhh, dijo eso, al oído. «Está bien, todo va a estar bien, shh, shh, todo va a estar bien», me consoló como para convencerse a sí mismo, con todo el amor del que es capaz un ser humano. (¿Qué aprendemos de esto, amiga? No escribas..., así tan débil, Carlos parece otro, ya casi no siento rencor... será, ha de ser, que algo entiendo, no sé... ¿qué tal que fuera al revés, que yo lo hubiera contagiado? ¿Cómo hubiera reaccionado él? ¿Y yo, amiga? Ay, no lo escribas, ya no entiendo...)

Esto lo anoté en mi libreta, Soledad: te quedaste dormida con la grabadora funcionando. El médico dice que son efectos de la morfina. Tienes una gran fragilidad capilar, vamos a tener que comprar jeringas muy pequeñas e inyectar la morfina en diferentes sitios para disminuir el dolor, dijo el médico mientras entregaba una receta a Paula. «El aparato marca que tuvo un paro cardiaco anoche, tal vez fue después de eso que dijo que sentía el frío de la muerte en su alma», espetó el médico mientras Carlos, Paula y yo nos mirábamos incrédulos.

«Es probable», dijo su madre a Carlos, con esa voz de certeza que la caracteriza. «A lo mejor nos estaba diciendo que se fue y tú no la dejaste ir, la detuvo tu amor.»

Carlos se arrojó subrepticiamente a los brazos de su madre, la abrazó al tiempo que murmuró: «No puedo, no puedo verla sufrir tanto». Ella le respondió: «Sí puedes, ve en su interior, ya no mires el cuerpo, es sólo un cascarón. Ayúdala a liberarse de él liberándote de tu miedo a la muerte, ámala desde el alma».

La tarde está lluviosa, Soledad, ya es diciembre. Los niños estuvieron recostados a tu lado por más de dos horas sin tener la seguridad de que supieras que estaban ahí. Escribo por y para ti en un intento de cumplir la promesa que te hice: ser tus manos y tu voz, devolverte tu propia historia.

Mireya preguntó por qué huele tan mal tu cuarto; la enfermera que contrató la madre de Carlos recogió apresurada los pañuelos desechables con los que limpiaron la sangre que sale de tu boca. Se los llevó a tirar al basurero de afuera, sin embargo, el olor sigue allí. Tu niña quiso meterse bajo las sábanas y al levantar las cobijas hizo un gesto de desagrado. «Huele muy feo, tía Carmina», dijo mirándome a los ojos con un destello de miedo en los suyos. La enfermera entraba y salía del cuarto, al igual que Paula, ambas escucharon las palabras de tu hija y se compadecieron de su dolor.

«Vamos a bañarla, mi amor», escuché decir con cariño a su abuela. «Ve a jugar y al rato regresas para estar con tu mamita otro rato.» Te desvistieron en mi presencia y no pude menos que sentir ternura, Soledad, una ternura inmensa ante tu cuerpo delgado que tiene más que ver con un documental sobre Biafra o Nigeria que con mi compañera de trabajo otrora fuerte y musculosa.

Te confieso que quiero claudicar de esta escena que se repite fresca en mi memoria ahora que la escribo apenas unas horas después; me pregunto si valdrá la pena presentar tu miseria a la hoja de papel. Lo hago, es tu voluntad.

Te quitaron el pañal y no pude evitar cruzar la mirada con la de Paula, tan interrogante como la mía ante el espectáculo doloroso de tu sangre muerta antes de tiempo, ante la seguridad de que tu organismo no tiene fuerzas para responder sino con el olor fétido de tus entrañas.

Con extremo cuidado tu suegra y la enfermera te bañaron, rociaron de perfume tu cabeza y te vistieron con un camisón que Carlos compró ayer para ti, un camisón cursi que tú jamás habrías escogido, ya sabes, estampado en color de rosa con dos moños diminutos que lucían inmensos sobre tus hombros. Tal vez tu marido quiso que te vistieran como a una desconocida para no asociarte con aquella que fuiste en su cama, sino con la que eres en su angustia y su dolor.

Encontré sobre el buró el libro de Sabines que te regalé para tu cumpleaños y, cuando me quedé sola contigo en el cuarto, te leí algunos poemas. Logré incluso arrancar una sonrisa de tus labios secos con uno de ellos, Soledad, puse una marca en la hoja y por ello lo copio ahora para ti en compañía de la lluvia que pega insistente en la ventana.

Quiero cerrar los ojos y observar de nuevo tu sonrisa, me hace falta sonreír de nuevo contigo, me hace falta entender.

Las sirenas de los barcos que zarpan de la ciudad al mar se escuchan por entre la neblina al amanecer.

Estos días son largos. Junio tiene coraje de la noche. Se despiertan las lluvias, tira su papel el aire, crece tranquilo. Las paredes sustentan a los árboles.

Camina solitario, sobre calles baldías, el amor.

Ayer fue un día duro. Llovió sin parar y mis hijos se enfermaron de gripe. No pude acompañarte, Soledad, pero ya estoy aquí, a tu lado, intentando cumplir mi promesa; le pedí a mi madre que se hiciera cargo de todo, aceptó sin preguntar nada, cosa rara en ella, debió notar la angustia y la culpa en cada uno de mis gestos, se limitó a animarme a venir asegurándome que todo estaría bien en casa.

Paula me contó los detalles de tu despertar tras una noche terrible, de esas en que la oscuridad pareciera durar por siempre. Tuvieron que desconectar el aparato del ritmo cardiaco porque la alarma se prendía y apagaba de forma constante poniéndoles a todos los nervios de punta. La claridad había entrado en el cuarto cuando te incorporaste y abriste los ojos, sí, amiga, te sentaste en la cama y con voz apenas audible dijiste que tenías sed. Tu suegra intentó darte agua y dijiste que no, que querías tequila, lo que aterrorizó a Carlos y a la enfermera, no así a Paula, quien se encargó de traer la botella de Jimador y caballitos para todos. Sirvió cuatro copas y brindó por tu felicidad, por el amor, y le pidió a Carlos que hiciera lo mismo y él lo hizo, Soledad, brindó por ti y por la familia sin poder evitar que las lágrimas aparecieran en sus ojos cuando su madre mojó tus labios resecos con la bebida de agave.

Tu voz se escuchó de nuevo y les dijiste a todos que los amabas, que estabas lista para irte y perseguir la luz, preparada para dejar tu armadura carnal de mujer. «Estoy lista para irme con mi mamá», reafirmaste.

Carlos salió del cuarto. Estoy segura de que alcanzaste a escuchar sus gemidos y el llanto inconsolable del que era presa en esos momentos, no quiere que te vayas pero tampoco soporta verte sufrir. Paula, con esa sabiduría que la distingue, le pidió que te dijera al oído que te deja ir. No pudo hacerlo, tal vez para cuando encuentre el valor necesario para posponer su dolor al tuyo, para ti ya no sea importante.

Percibo que estás en la etapa final de tu infierno privado; recuerdo que así te referías a tu enfermedad cuando todavía podías hablar. «Vivo un infierno privado, Carmina», dijiste, «he tenido destellos de cielo a lo largo de estos meses en los que he podido vislumbrar, de forma espontánea y sorprendente, las razones por las que existo, por las que soy yo quien debe morir en agonía, en una agonía consciente, como una flor que pierde sus pétalos desgajándose hasta quedar el botón de su origen. Y sin embargo, soy la misma… la humana, la mujer, la mexicana común y corriente incapaz de perdonar así como dicen que perdonan los santos, una simple mortal».

Es cierto, Soledad, eres una simple mortal, tan mortal como todos los que visitamos este cuarto, los que te vemos morir poco a poco y ante esa realidad nos cuestionamos nuestra propia existencia, nos cuestionamos incluso la existencia de un Dios. Estoy enojada, es cierto, muy enojada con Carlos por haberte contagiado, por su falta de responsabilidad, por la insensatez de sus relaciones extramaritales que te han llevado a sufrir esta agonía a plazos. Admiro tu fuerza y tu capacidad de perdón, Soledad, no sé siquiera si yo seré capaz de perdonarle alguna vez tu ausencia y mi tristeza, él lo sabe y por eso me rehúye, evita el contacto directo conmigo.

No debería escribir esto en lo que se supone que es la continuación de tu diario, pero no puedo evitar hacerlo. Necesito que sepas que Carlos está celoso de mí, no entiende las razones que tuviste para decidir que fuera yo la narradora de tus últimos días y tu muerte misma, no alcanza a comprender el hecho de que sólo una mujer sea capaz de adentrarse en la mente de la otra para escribirla desde una intimidad espiritual surgida de la amistad y el conocimiento mutuos. Hablamos de ello esta mañana, después de que tu esposo entrara de sopetón a la cocina e interrumpiera de golpe mis pensamientos. Colocó sobre la mesa varias hojas sueltas en las que reconocí tu escritura, algunos párrafos con la tinta corrida y las marcas de haber sido estrujadas con fuerza. Carlos lloraba sin resuello. Pasaron varios minutos antes de que se animara a hablar.

«Encontré estas hojas en el cajón del buró de mi mujer», dijo, mientras se limpiaba las lágrimas con el dorso de la mano en un intento por tranquilizarse. «Las leí, Carmina, y en una de ellas dice que tú tienes su cuaderno, que te ha pedido que sigas escribiendo en él.»

Te confieso, Soledad, que por un momento me invadió la culpa y me sentí una intrusa, el tono de Carlos era de reclamo. Él debió darse cuenta de mi malestar. No dije una sola palabra. Me acerqué a la estufa, serví dos tazas del té que acababa de preparar y le indiqué con un gesto que se sentara un momento. Dio dos sorbos a la bebida caliente y comenzó a hablar de nuevo.

«Perdóname, Carmina, no debí haber leído la nota y mucho menos la carta, la primera está dirigida a ti, la otra a mis hijos. Soledad supo lo que hacía cuando te eligió como amiga, te has portado con ella como una verdadera hermana. Gracias, Carmina, nunca podremos pagarte tanta ternura y solidaridad.»

Hablamos de ti, de ustedes dos, de su matrimonio, de Mireya y Carlitos, de su arrepentimiento, de tu dolor, de los hubieras, Soledad, de esos hubieras que nos atormentan a todos cuando hemos hecho o dicho algo que no tiene marcha atrás.

Me pregunto cuándo escribiste la nota que acompaña la carta para tus hijos, Soledad. Debió de haber sido después de que me entregaras tu diario para que lo continuara, de otra forma hubieras dejado constancia en él del lugar donde la guardaste.

Ahora ya no importa, transcribo la nota que dejaste junto con ella y tomaré un respiro para leer la misiva, debo recuperar fuerzas, amiga, no contaba con tu deseo de incluir en este cuaderno una trascripción de las palabras que hilaste para tus hijos en medio de tu dolor:

> Carmina, no puedo dormir, por fin logré la lucidez necesaria para escribirles una carta a Carlitos y Mireya. Asegúrate de transcribirla en mi diario. Te pido la guardes y se la entregues a mis hijos en el momento que juzgues oportuno. Confío en ti. Gracias por todo, mi amor te rondará siempre.
>
> Soledad

Hija mía, hijo mío:

Mireya, mi amor. Soy tu madre que te escribe porque ya no sabe cómo decirte que te ama. Me gusta escribir tu nombre, ¿alguna vez te dije por qué te puse así? No recuerdo haberlo hecho, así que te cuento de todas formas. Cuando era niña y vivíamos en la colonia Mixcoac de la ciudad de México, en la calle Donatello, edificio número 25, un gigante de seis pisos con marcos rojos en las ventanas, tenía una amiga que se llamaba Mireya. Era un año menor que yo, aunque para mi asombro mucho más madura que cualquier niña de mi escuela. Nos hicimos grandes amigas, como dirías tú: mejores amigas. Creo que fue la primera amiga mujer que no me hizo sentir inadecuada, era tan segura de sí misma que nunca juzgó mi forma extraña de ser. Eso, para mí, en esa época en la que empiezas a «ser mujercita», como decía tu abuela María, era un lujo de certidumbre.

¿Sabes, Carlitos? Yo sólo tenía amigos hombres, con ellos hablaba de cualquier cosa. De pronto, con Mireya descubrí que la amistad con otra mujer no es competencia, es solidaridad y respeto... construí mi primera amistad del alma. Ella siempre estaba contenta, tenía un sentido del humor extraordinario, cosa por demás extraña en una adolescente. Tenía problemas de peso y se ponía a dieta, yo le recordaba que su belleza era escultural, pero no me creía. Ser alta y demasiado voluptuosa para su edad le preocupaba. Cuando yo tan sólo usaba camiseta, Mireya tenía los senos frondosos de una mujer adulta. De ella aprendí a reírme de mí misma, de mis locuras. Aún puedo ver sus grandes dientes blancos asomándose por los labios delgados, sus ojos llenos de brillo, hablando de la vida como entre carcajadas... ¡qué manera de gozarlo todo!

Resulta que al mudarse mi familia a las Águilas, Mireya y yo dejamos de vernos. Fue así como nos perdimos la una a la otra, curioso que la distancia relativa incite al olvido. Siempre extrañé tener una vecina con quien poder hablar y salir a conseguir chocolates por las tardes, con la cual planear un destino como si eso fuese posible. Volví a sentirme sola de nueva cuenta.

Alguna vez pasó por mi mente, en esa época, que si tenía una hija le pondría Mireya, como una especie de presagio para que fuera una niña feliz y libre, como lo era mi amiga de la melena negra y lacia, los senos voluptuosos y la sonrisa y espíritu transparentes.

Ya sé, querida... para este momento de tu lectura te estarás quejando como siempre de que yo comienzo con mis anécdotas de la infancia y me salgo del tema. Carlitos, tu papá está a tu lado, es un buen hombre. Intenta ser siempre honesto y cuando no puedas, al menos está siempre consciente de saber pedir perdón. Llora y expresa siempre tus emociones, se vale que los hombres sean tiernos y sensibles, ¡pero qué digo, si tú así eres! Nunca maltrates a nadie, respeta a las mujeres como tus iguales, no seas esclavo del dinero o del trabajo, sigue tus sueños, no dejes de pintar, que tienes habilidades artísticas, sigue el llamado de tu alma. Cuando te enamores busca una mujer que sea libre, que ame la vida y que se ría, una mujer que sepa que es tu igual, que no juegue a ser inferior a ti.

Ésta es, hija mía, hijo mío, una carta para decirles que los amo. Aunque ayer estuvimos juntos los tres en la playa y lloramos mucho y nos dijimos adiós, me falta tiempo para recordarles cuánto amor tengo en el corazón para ustedes. Últimamente he comprendido que las cosas suceden por alguna razón, y es posible que, algún día, cuando ustedes crezcan, estén ocupados haciendo algo sin importancia y de pronto, en un instante, lo detengan todo y sonrían y se digan a sí mismos: ¡Esto lo aprendí cuando mi madre murió!

Así es la vida, en el momento en que suceden las cosas, una no las entiende muy bien. Quiero que sepan, aunque ya se lo dije frente al mar con toda la sinceridad de mi alma, que se vale enojarse y llorar. Les doy permiso de que hagan todo aquello que sientan que deben hacer para entender o superar mi ausencia.

Sí, Carlitos, entiendo, como lo dijiste al volver a casa esta tarde, que estás enojado con Dios, eso también es válido. Te puedes enfurecer, aunque siempre hay que buscar más y más en el fondo. Estoy segura de que ustedes dos, cada uno a su tiempo, va a entender que la muerte es una parte natural de la vida y que se puede extrañar a quien ha fallecido, extrañarlo hasta que les dé la gana dejar de añorar. Luego no pasa nada, no tiene nada de malo que una vaya sintiendo cada vez más lejos la imagen de ese ser querido, hasta que se convierta en una hermosa memoria que ya no duele.

Está bien, así debe ser... Yo sé, como dijeron esa tarde frente al mar, que no es justo. He pensado lo mismo. Al principio, cuando supe que estaba muy enferma, me enojé mucho y pensé que era una injusticia morirme tan joven, dejarlos sin su madre.

Ahora, después de tantas cosas que han sucedido, veo la vida de otra manera y me gustaría poder explicárselas tal como la entiendo. Tal vez haga falta que crezcan para que vuelvan a leer la carta y asimilen —como lo hice yo— que la justicia, al igual que el amor, no es lo que nos dijeron que era.

Hijos míos... descubrí que la justicia humana no existe, es un invento. No es cierto que las cosas son justas o injustas. Hasta los sabios como Platón se han equivocado al asegurar que el hombre justo siempre será feliz. La religión también habla de eso. ¿Se acuerdan de la señora que ha venido a leerme la Biblia, la que los invitó a las clases de catecismo? Pues ella dice que la justicia divina es la única a la que debemos aspirar; que sólo Dios es justo y creyendo en él podemos vivir una vida eterna después de morir.

La religión ha encontrado otra manera de ver las cosas. A ustedes, cuando sean suficientemente maduros para entenderlo, les tocará decidir si aceptan o no los preceptos religiosos. En primer lugar, antes que creer o no, es indispensable comprender si esa fe los hace mejores personas, más felices y más plenas. Nunca crean en nada que les produzca miedo, nunca se dejen llevar por la culpa, nunca, mis niños. El infierno no existe, existe la maldad humana, la crueldad. Ante ellas, como contraparte y si buscan con cautela, hallarán la bondad y la solidaridad; rezar no borra los errores, el verdadero pecado, al menos eso creo, es no detenerse a pensar en el otro antes de hacer daño.

Entendí, apenas hace unos días, que las cosas que nos suceden a los seres humanos no tienen nada que ver con la justicia. Porque la justicia como la conocemos no es otra cosa que la venganza y el castigo. Si no es así, ¿cuál es la razón de tu enojo con Dios, mi niño? «Estoy furioso porque es injusto», dijiste el otro día, «tú eres buena y las personas buenas no se mueren».

No es cierto, creer eso sólo nos hace sufrir. Todos, todas nos vamos a morir tarde o temprano, lo importante es vivir felices día con día, tal y como han hecho a pesar de que están tristes porque me ven muy mal. Así, con la tristeza a cuestas, van al colegio y juegan con sus amigos y amigas, se van a tomar un helado a Bing con la abuela Paula y ella les cuenta chistes y regresan felices, ¿verdad? ¿Se dan cuenta de que, a pesar de todo lo que ha pasado en nuestra familia, la vida sigue y ustedes pueden estar contentos? Es muy importante que se acuerden siempre de eso. No importa qué tan malo o difícil sea algún evento en nuestras vidas, siempre podemos encontrarle alguna razón para sonreír. La tristeza mata cuando la dejamos controlarnos; la melancolía, en cambio, nos incita a meditar, a cuestionarnos y a crecer, eso lo sé bien.

Lo que quiero decirles es que la Naturaleza, en sí misma, a través de la vida, nos compensa siempre de alguna manera, aunque como parte del universo, no como seres individuales.

Si existiera algún tipo de justicia, creo que ésta sería la lección: que cada vez que sucede algo malo en el mundo, en otra parte, a algún ser desconocido le sucede algo bueno. Es posible, por ejemplo, que allá en otro continente una mujer esté protegida contra el sida y pueda vivir para contarlo.

Quiero que sepan que ustedes deben ser nobles y amorosos con las demás personas, no porque vayan a recibir un premio a cambio (la realidad les enseñará que no es cierto que el mal acto y la bondad siempre se retribuyen), sino porque ustedes vivirán una vida más plena, porque su corazón aprenderá a estar tranquilo y alegre mientras actúen con bondad, tolerancia y respeto hacia los demás, hombres y mujeres por igual.

Hay que dar amor, no por miedo al castigo que se les impondría si no lo diesen, sino porque es un placer amar, porque se vive más feliz, con paz en el espíritu cuando se hacen las cosas bien, cuando se busca congruencia entre el sentir del espíritu y el actuar cotidiano.

Mireya, amor, si puedo dejarte una sola cosa será la idea de que ser mujer es un privilegio que debes gozar en la responsabilidad de ser igual que los otros. Si por tu género alguien te discrimina o te maltrata, defiéndete; en el camino encontrarás a otras mujeres que, como tú, saben que el mundo debe cambiar y que eres capaz de todo. Nunca niegues tus derechos y tus virtudes, sí, eres diferente de los hombres, pero esas diferencias complementan y equilibran a una sociedad, no permitas que te digan cómo ser y actuar, sé responsable de tu cuerpo y tus actos, aunque ames a un hombre siempre sé dueña de tu cuerpo y cuídalo, protégete de las enfermedades. Tú, mi Carlos (algún día te hartarás del diminutivo), ama con todo el corazón y expresa lo que sientes, pide lo que necesites y entrégate entero. Cuida tu cuerpo y cuando tengan relaciones sexuales, siempre piensa en tu salud y la de tu pareja; sé responsable.

Hija, mi vida, quiero agradecerte por haberme abierto los ojos. ¿Te acuerdas cuando me preguntaste qué se sentía ser huérfana? Gracias a tu lucidez infantil tuve que esculcar en mis recuerdos; eso me dio la respuesta que estabas buscando al acercarte a mí.

Si yo no había comprendido que era huérfana es porque, de alguna manera, mi madre seguía estando conmigo, en mis recuerdos y gestos, en mi forma de levantar la cuchara y de tomar la taza de café con las dos manos como si fuera un tesoro, ella en el sabor de mis guisos que tanto te gustan y en mi forma de reír.

Eso es, mi niña, mi niño, una nunca es verdadera y totalmente huérfana, al menos no si, como ustedes, tiene la capacidad para ver más allá de las cosas y hacer que el amor no muera. Mientras me sigan queriendo, como si fuera un pedacito de su alma, nunca estarán solos. Y tal vez yo tampoco lo esté.

Su mundo será distinto, mas no por mi ausencia será malo, ya lo verán. Cuando lleven mis cenizas al océano me voy a ir detrás de una manada de delfines; encontraré paz y estaré feliz en todas partes, su madre va a ser parte de otro mundo diferente. Cada vez que miren las olas, ahí estaré yo sonriéndoles, en la paz absoluta, como todas aquellas veces que nos metimos bajo las olas tomados de las manos con su papá, ¿se acuerdan? Cuando sacamos la cabeza del agua compartimos el suave sonido que se percibe cuando se escuchan las olas desde dentro; «el mar está vivo», dijiste un día tú, Carlitos, mi niño hermoso; así estaré, viva en el sonido y en la espuma tibia y alegre de las olas blancas y desde ese mar azul les mandaré mi amor. Búsquenme siempre. Yo les haré saber, de alguna manera, que les amo más allá de mi propio cuerpo.

Su madre, Soledad.

Transcribí la carta que escribiste para tus hijos, Soledad,

ahora forma parte de tu cuaderno. Guardé las hojas escritas con tu puño y letra en un sobre, amiga, se las entregaré a tus criaturas más adelante, cuando todo haya pasado y necesiten de las palabras y la dulzura de su madre.

¿De dónde sacaste fuerza? Por lo irregular de la escritura deduzco que te costó trabajo. Seguramente los papeles permanecieron guardados por semanas. Menos mal que Carlos los encontró.

Carlos.

Carlos no se consuela, Soledad. Hace unos minutos me asomé a tu recámara: ahí estaba él, acariciando tus pies en un intento de transmitirles calor. No se percató siquiera de mi presencia. Entré a cerrar la ventana. Parece que entrará un norte. Carlitos y Mireya se han ido a dormir, es tarde y mañana tienen que levantarse temprano para ir al colegio.

Escuché a tu esposo susurrar palabras a tu oído con ternura, dice que te ves linda, que eres la mujer de su vida y de su muerte. Por primera vez en meses parece tranquilo, resignado. Repite con frecuencia que te ama, que te amará siempre.

Paula y la enfermera están en la cocina. Tu suegra ha puesto un disco y, mientras escribo, puedo escuchar melodías de *new age* para mí desconocidas. ¿De dónde sacará esa mujer música tan relajante? Confío en que puedas percibirla, amiga, da la sensación de que allanan un camino de paz para el espíritu, de fortaleza para nuestras almas inquietas.

Esta mañana pasé un rato a solas contigo, Soledad. Te hablé de la escuela, de mi familia y de lo mucho que te echo en falta. Te reclamé, incluso, por no haberme dado la receta de las galletas de chocolate que tanto les gustan a mis hijos, esas que nos regalaste el año pasado por Navidad.

También te hice saber que José Luis, mi hermano, regresará en un par de meses. Será él quien se haga cargo del tratamiento de Carlos. Decírtelo me hizo sentir mejor, menos inútil para ayudar a tu esposo, quien bien sabes no es un hombre fácil de convencer. Sin embargo, ayer por la noche platiqué con él y está dispuesto a someterse a todo aquello que se requiera para alargar su vida. Me dijo que lo haría por ti y por sus criaturas.

Cuando abro tu cuaderno y veo tu letra, Soledad, siento vergüenza, la sensación de invadir tu espacio. Procuro ser breve. No olvido que sólo se trata de narrar lo que acontece. Ésa fue tu petición. A ello me limito, aunque confieso que quisiera utilizar estas páginas para plasmar mi propio dolor.

El día se hunde lentamente en el atardecer. Me parece que hay dos soledades, la Soledad que ha vivido y ya es espíritu y la otra, la que no da tregua y se impone ante la muerte, se regodea del dolor, se burla de los ojos y las emociones de quienes la miramos por el rabillo de la tristeza.

Los estertores no cesan, ya son catorce horas, Paula le ha explicado más de veinte veces a Carlos que no debe apretar la mano de su mujer, tu mano, Soledad. Le dice que todo él transmite angustia y no te deja ir. Hemos observado que cada vez que él se acerca aprieta ansioso tu mano derecha, delgada y ya sin fuerza, la apretuja y tú reaccionas con un leve quejido, él se contiene para no llorar, te soba el brazo en un intento de devolverte el calor que ya nunca regresará; su mirada es triste aunque sus ojos denotan un desierto más que una cascada.

Por los ojos se le ha ido la vida a este hombre; ¡mira, amiga, que hoy he presenciado un amor profundo, entero, absoluto en este hombre-muchacho que rehúsa dejarte partir!

Nos hemos pasado los días mirándote desvanecer... primero la sangre desistió de rugir en su diario recorrido por los cauces sanguíneos de tu tronco; poco a poco, casi con crueldad, ha dejado en el lugar vacío un témpano que surge de tus ramas, de los brazos y piernas, y la habitación se enfría contigo sin remedio. Nos cobijamos, nos abrazamos, sin embargo se contagian nuestros cuerpos de la ausencia de tibieza que da el torrente rojo de la vida, el frío nos invade.

Pensamos en la muerte, pero no en tu muerte, sino en la metáfora del fin, ese óbito que nadie desea imaginar. *Muerte* es una palabra de seis letras, es un concepto, nunca esto, este terrible acontecimiento que nos enfrenta a un desapego inexplorado. Tú agonizas y nosotros estamos convalecientes por la pavorosa y lenta huida, nos despedimos con ansiedad, en la terrible contradicción silenciosa que desea que te vayas de una vez y para siempre y podamos entonces volver a nuestras vidas, a gozar de los alimentos en el comedor sin percibir a lo lejos el aroma a defunción, a desayunar con esperanza, a bañarnos el cuerpo con toda calma sin miedo a que te vayas mientras nos enjabonamos.

Añoramos la cotidiana caricia de la luz solar, de la vida en la que se vale reír sin estrujarse las manos de culpa e imaginamos lo que será ya no verte más con estos espasmos que de pronto te levantan de la cintura para arriba, cuando tu cuerpo se contrae y quedas por instantes sentada en la cama, entumecidos los músculos de tu cuello mientras estiras los brazos y yo no sé si decir que es porque has visto la luz y a ella te diriges o porque estás aterrorizada y nos pides ayuda para arrastrarte salva a este lado del río, en el cual nosotros también sentimos ahogarnos.

La lentitud de tu partida ha detenido el tiempo, los relojes de esta casa no marcan ni los minutos ni las horas, arrastran las manecillas en sentido contrario. Carlos vuelve a las andadas, se hinca como una plañidera que le reza a la Virgen; arrodillado se consume en su dolor y en el tuyo. Carlitos y Mireya han preguntado por qué huele tan mal la habitación. Así huele la muerte, quisimos decir nosotros, Paula halló alguna explicación que no recuerdo ahora. Hemos decidido que ya no entren más tus criaturas.

Ésta ya no eres tú. Hace horas que la enfermera, tu suegra y yo buscamos algún sístole o diástole perdido en tu corazón y no lo hallamos. El tiempo ya no existe en tu carne, poco a poco los músculos de tu rostro se debilitan, percibo en mi garganta la mano de la incomprensión ahorcando mi llanto mudo, mientras en tu mandíbula amarrada por una fuerza que desconozco aparece una especie de sonrisa que infunde cierto temor. Un hilo carmín escapa por la comisura de tus labios, todas nos miramos, Carlos toma un pañuelo y lo limpia, entonces el líquido sigue saliendo cada vez con mayor fuerza; la angustia está en todas partes.

Invocamos tu nombre y no sabes que al pronunciarte nos devuelves la ausencia que lo nombra.

Ha comenzado a llorar el cielo, acaso las diosas nos dan la esperanza de su enojo por tu partida, enviando sus flechas luminiscentes y estruendosas. Entonces abrimos las ventanas de tu habitación, Carlos las cierra, el viento del norte sopla sin piedad y tu amante teme que el frío asuste a tu espíritu que poco a poco se despoja del peso de tus huesos y tu carne.

Ya sin aliento, ya no hay soplo de vida, no latidos ni calor, no hay sonrisa ni respiración. En tu pecho desnudo hay una suerte de espasmos expiratorios vehementes que se repiten y nosotros cuatro, Carlos, Paula, la Hija de María y yo, sentadas en tres de los cuatro puntos cardinales de tu cama, observamos tus ojos antes asustadizos, ahora invadidos por una tenue nube de ausencia.

Poco a poco respiramos al ritmo de ese extraño sonido de golpes secos de un tambor lejano, nos llevas por el camino de la aceptación al compás de tus últimos suspiros.

Miramos hacia ti, ya nadie te toca. Paula ha pedido que dejemos tu cuerpo libre del contacto que ata tu vida a la tierra, al cariño, al dolor, a la muerte; así ya no estarás ni viva ni difunta, serás espíritu. Nos contenemos, Carlos sigue estirando casi mecánicamente el brazo, pañuelo en mano, para evitar que el hilo rojizo manche la almohada. Las agujas siguen allí clavadas ya sin sentido alguno.

Miramos el suero, gotea lento y se puede adivinar el sonido de cada lágrima encerrada en la pequeña manguera transparente que te hidrata el cuerpo. El tanque verde que te proveía de oxígeno ha dejado de funcionar; ahora es testigo mudo de tu lucha por la sobrevivencia.

Amanece.

La enfermera ha entrado de nuevo, se queda en el quicio de la puerta; ha visto mil muertes, miles de estertores iguales a los tuyos, sin embargo, te mira con piedad, sabe que eres nuestra muerta, nuestra amiga, nuestra madre y que después de ti, Soledad, será el vocablo más triste de nuestras vidas.

Es la última vez que escribo en tu cuaderno, Soledad. Estoy sentada sobre la cubierta del barco abandonado: el pesquero cubierto de óxido que recaló en la playa hace años, cuando entró el huracán Gilberto. Este cascarón de nave que a ratos fue tu refugio, que como tú encalló y jamás pudo navegar de nuevo. En el diario afirmas que la vista desde aquí es reconfortante y vine a constatarlo. Necesito consuelo. Te busco en el oleaje.

Desde donde quiera que estés sabrás perdonar la osadía de retener vivas tus palabras más allá de tu muerte. Sin sentir culpa alguna, me aferré al privilegio que la amistad confiere y decidí guardarte en estas hojas de papel un tiempo más, el necesario para concluir tu historia, el necesario, al menos.

Te extraño, amiga. Tu ausencia duele demasiado, me doy permiso para decírtelo quedo, casi en secreto, lejana ya la rabia y lo irremediable de tu partida. Escribo. Narro para ti, para nosotras. Las gaviotas observan desde el mástil contrahecho, permanecen quietas. Retomo la complicidad de tus palabras, el tono de tu voz.

Ha llovido durante dos días, Soledad, el norte arreció y en secreto agradecí al universo por mostrar un dolor tan semejante al nuestro… su llanto celestial y la oscuridad en pleno día. El mar, espejo del cielo, cambió sus tonalidades turquesas por un silencioso gris perla. Este Caribe que te vio llegar a rehacer tu vida y ahora testifica tu marcha añora, como nosotras, tu risa y esos ojos tuyos llenos de luz y sueños.

A tu funeral llegaron veintenas de criaturas vestidas de blanco. La pequeña sala de Jardines de Paz se iluminó de miradas transparentes y amor a una maestra que fue su guía. Carlos decidió que todas las cartas y dibujos de las y los pupilos se pusieran en tus manos al momento de la cremación. Cada uno llevó un alcatraz y, alrededor de tu ataúd, quedó sembrado un jardín de flores blancas.

Paula dirigió la ceremonia, tal como lo pediste... en la playa de Puerto Juárez, justo para ello, para ti, amiga querida, el día se iluminó y volvió la calma, el mar retomó sus colores intensos para recibirte en su acuoso regazo. Tu suegra leyó un texto. Lo transcribo:

«Es sólo el cuerpo de una mujer. Es, al mismo tiempo, el cuerpo de millones de mujeres que se van de la vida sin saber por qué. Y tus cenizas volverán al mar... al origen; adentrándose diminutas en el líquido salado, bailando al disolverse de contento, a la par de las olas, ya sin ningún dolor, sin ningún apego; ajena a Carlos, a tus hijos, a nosotras. Vuelves a ser parte del universo, serás la nitidez del agua y el trozo de un coral; serás la sirena que canta la voz de las mujeres a quienes otros acallan como si fuera un mito inexistente. Serás acaso el sueño de seres de otro mundo que creyeron que la vida comienza en las cenizas, que nacer es morir y viceversa.»

Vuelvo a mis reflexiones, a mi manera directa de decir las cosas, Soledad. ¿Acaso no afirmaste que siempre he sido directa? Escribo y lo digo en voz alta para que me escuches: entregaré el cuaderno a Carlos. Al igual que Paula, considero que debe leerlo. Yo misma le diré que deseaste que se quemara junto contigo y que no fui capaz de cumplir el encargo. Tu esposo merece la oportunidad de conocer el pedazo de ti que contienen estas páginas, necesita la reconciliación final consigo mismo y el perdón de su compañera; tal vez en su lectura encuentre la forma de aferrarse a la vida y ser un verdadero padre para Mireya y Carlitos. Tal vez, como tú misma escribiste, necesite recorrer las provincias de tu alma para alcanzar la paz.

Cae la noche, mis susurros se pierden en la risa.

Adiós, amiga querida.

Te llevaré siempre en mi corazón.

Muérdele el corazón, de Lydia Cacho
Esta obra se terminó de imprimir en octubre del 2006 en
Litográfica Ingramex, S.A. de C.V.
Centeno 162-1, Col. Granjas Esmeralda,
México, D.F.